생명의 길에서

생명의 길에서

권명자 수필집

정은출판

책을 펴내며

여든에 글을 내게 되어 참 기쁩니다. 청주시에서 시행하는 1인 1책 펴내기에 등록하여 처음으로 글을 쓰기 시작했습니다. 일기처럼 써 내려간 글을 모아 첫 작품집 '사랑 만들기'를 냈을 때의 설렘과 감사, 벅찬 기쁨이 떠오릅니다.

신인문학상으로 등단을 하고, 충북대 평생교육원 수필창작반에 등록하였습니다. 문우님들의 열성과 수준은 저를 당황케 했습니다. 자꾸만 작아지는 저에게 글을 쓸 수 있도록 채근하시고 격려하시는 교수님의 지도로 한생의 크고 작은 일들을 여과없이 써 내려가면서 자신과 이웃을 돌아보게 되었습니다.

글을 쓴다는 것은 참 좋은 몫이었습니다. 생명의 길에서 만나는 모든 것이 새롭고, 신비하고 아름답게 보입니다.

충북문화재단의 문화예술지원사업에 선정되어 글을 다듬으며 이 글을 펴낼 수 있도록 도움을 주신 분들과 지도 교수님께 진심으로 깊은 감사를 드립니다. 그리고 글 길을 열어주신 청주시와 박영자 선생님, 이 책이 나오기까지 수고하신 정은출판 사장님께 감사를 드립니다.

이 책을 읽으시는 모든 분들과 가정에 평화와 기쁨이 가득하시기를 빕니다.

2023년 11월

글쓴이 권명자 올림

차 례

제1부 삶은 아름다운 것

차 례

제2부 여름이 오면

제3부 노년을 보내며

차 례

제4부 만남

제5부 생명의 길에서

제1부

삶은 아름다운 것

햇살이 포근하고 따사롭다. 금빛 얼굴들을 맞대고 모여 보석 반지처럼 핀 산수유며, 단아하고 기품있는 매화가 내뿜는 향기가 은은하고 그윽하다. 내게는 어떤 향기가 있을까. 어떤 모습으로 보여지고 있을까. 온화하고 기쁨을 주는, 산뜻하고 편안함을 주는 향기가 있었으면 참 좋겠다.

-〈봄날〉 중에서

봄날

나의 손 그림을 보며

사랑한다는 건

회룡포 강변에서

삶은 아름다운 것

건강백세

동행

오월 문학제

성지로 간 소풍

봄날

하늘은 맑고 햇살이 고운 아침이다. 창문을 활짝 열었다. 기다렸다는 듯이 봄기운을 싣고 들이닥치는 신선한 바람이 상큼하고 감미롭다.

'동무들아 모여라. 봄맞이 가자 나물 캐러 바구니 옆에 끼고서…♬♪'

저절로 콧노래가 흥얼거려진다. 너른 들판에 작은 꽃들, 나비를 따라다니며 뛰노는 꼬맹이들, 흙담 아래 소꿉놀이로 바쁜 또래들의 모습이 아른거린다. 사금파리 굽에 진흙을 담아 떡도 만들고, 풀잎 나물로 밥상도 차렸다. 딱지치기, 고무줄놀이, 사방치기도 한창이다. 나이는 어디로 가고 난 천진한 아이가 되었다. 살포시 웃음이 번진다. 해맑고 정다웠던 그 동무들이 보고 싶다.

코로나19로 모임이나 외식은 물론, 명절이나 대소사에도 만남이 자유롭지 못한 요즈음이다. 바람을 쐬며 한바탕 걷고 싶다. 운동복 차림으로 집을 나선다. 계절이 바뀔 적마다 다양하게 변화하는 아파트 단지의 조붓한 개울가로 나서면 산뜻한 숲 향기와 시원한 바람에 몸도 마음도 가벼워진다.

올해는 아파트 단지 내에 십여 년이 넘도록 마음대로 쑥쑥 자란 나무들을 다듬는 작업을 했다. '우~앙 으앙 우우웅~' 소름 끼치게 요란한 기계톱 소리, 사정없이 잘려 나가는 나뭇가지들이 안쓰러웠지만, 시원스레 잘 다듬어져 수형을 갖춘 나무들의 멋진 자태는 비움이 주는 아름다움을 만끽하게 했다. 오묘하고 신비한 생명의 숨결이 느껴지는 봄이다. 가지가 잘려서 볼품없던 나무들도 여리지만 생기있는 싹을 틔우기 시작했다. 노오란 꽃봉오리를 달고 늘어진 개나리, 봄까치꽃, 보도블록 틈새로 파고든 한 줌 햇살에 꽃을 피운 샛노란 민들레며 보랏빛 제비꽃들이 기특하고 이쁘다. 쪼그리고 앉아 들여다본다. 꽃반지를 만들어 끼워주며 잘 어울린다면서 환하게 웃던 고운 님 생각이 나고, 상냥하고 맑은 심성을 닮고 싶은 봄날이다.

물소리 바람 소리 새들의 지저귐에 기쁨도 동반한다. 빨라지는 걸음에 송골송골 땀방울이 맺힌다. 갑자기 "짠 짠!~ 하하하" 힘차고 시원하게 터뜨리는 웃음소리가 개울가를 쩡쩡 울린다. 맞은편 길이다. "하나, 둘~" 나지막하고 예쁜 손녀의 구령에 답하는 할머니의 웃음은 기쁨과 즐거움이 차고 넘친다. 오랜만에 보는 다정한 그들의 모습이 바라보기만 해도 좋고 부럽기까지 하다. 웃으면 복이 온다고 하지 않던가! 그렇게 나도 한번 크게 웃어보고 싶다.

햇살이 포근하고 따사롭다. 금빛 얼굴들을 맞대고 모여 보석 반지처럼 핀 산수유며, 단아하고 기품있는 매화가 내뿜는 향기가 은은하고 그윽하다. 내게는 어떤 향기가 있을까. 어떤 모습으로 보여지고 있을까. 온화하고 기쁨을 주는, 산뜻하고 편안함을 주는 향기가 있었으면 참 좋겠다.

두 팔을 번쩍 들고 크게 심호흡을 한다. 시원하다. 건강도 챙기고 산책길에서 만난 효손孝孫과 할머니의 아름다운 모습에 즐거움을 더한 행복한 봄날이다.

나의 손 그림을 보며

안방에 들어서면 가장 먼저 눈에 뜨이는 것이 나의 손 그림이다. 침대 머리맡에 걸어놓은 엉성한 손 그림은 수시로 나를 가르치며 웃음 짓게 한다.

모임에서 그림 수업을 하는 날이었다. 그림을 그려 본 게 얼마만인가. 호기심과 설렘으로 들뜬 강의실 분위기는 즐거움으로 생동감이 넘쳐났다.

강사님은 그림 도구들을 책상 위에 배치하고 하얗게 몸단장을 한 캔버스 액자를 하나씩 나눠 주셨다. 그림 제목은 '나만의 기도'라고 하셨다.

액자에 손을 얹고, 가만히 바라본다. 뭉툭하고 윤기 없이 주름진 손이 눈에 거슬린다. 다치고 데이고 못이 배겨도 쉴 틈 없이 움직여야 했던 고달픈 삶에 볼품없이 변해버린 손이다. 그림 연필로 손을 따라 그리면서 미안하고 가엾다. 파란색과 흰색 물감을 섞어 부드러운 하늘빛으로 바탕색을 칠하고 햇살처럼 펼쳐지는 마음을 표현하려고 힘차게 펴 올린다. 손 그림은 연두색으로 정했다. 새물새물 웃음이 고인다. 새싹! 실한 뿌리를 내리고 흙을 밀어 올리며 쏘옥 내민 새싹의 생명과 기쁨을 내 손에 가득 담고 싶었다.

난생처음으로 미안하다 고맙다면서 정성 들여 색칠한다. 뭉툭한 손가락을 갸름하고 깔끔하게 그려 손톱은 잘 익은 단감색으로 칠하고, 손목엔 묵주도 그려 넣었다. 꽃향기도 담아주고 싶어서 들국화 단장으로 분위기도 살려본다. 날짜와 서명으로 '나만의 기도 그림' 완성이다. 예쁜 손이 되었다. 뿌듯하다.

그림 구경을 나섰다. 남의 밥에 콩이 더 커 보인다고 했던가. 회원들의 그림이 마음을 산란하게 한다. 자리에 돌아와 마르지도 않은 그림에 덧칠하며 고치기 시작했다. 그림은 엉뚱하게도 얼룽덜룽, 거칠어지기만 했다. 걷잡을 수 없는 내 마음이 어찌 그리도 잘 드러나는지 진땀이 날 지경이다. 손 그림은, 차분하게 사랑과 진실을 담아 성실하게 그려보라고 나를 타이른다.

문득 알브레히트 뒤러(1471-1528)의 '기도하는 손' 생각이 난다. 뒤러는 친구 덕분에 그림을 그리게 되었다. 첫 작품전시회를 열어 작품이 팔리던 날. 친구를 찾아갔던 뒤러는 힘든 노동으로 손가락이 휘고 굳어져서 그림을 그릴 수가 없게 된 친구를 만난다. 친구의 희생적인 우정으로 성공을 하였지만, 그 충격과 슬픔에 빠졌던 뒤러가 얼마 후 다시 그를 찾아갔을 때, 뒤러는 기도하고 있는 친구의 모습을 보게 된다. '아, 저 손! 지금의 나를 있게 해준 저 손을 그리자. 그래서 친구의 고마움을 온 세상에 보여주자.' 그렇게 탄생한 그림이 '기도하는 손'이라고 한다. 참되고 선한 아름다움은 가슴을 울리고 감동하게 한다. 그 손은 겉멋만 든 예쁜 손이 아니었다.

나는 하루에도 몇 번씩 나만의 기도 손을 보며 마음을 추스른다. 휘어지고 뭉툭한 내 손이 창피하기만 했는데 이젠 고생만 시킨 게 미안해요. 나를 위해 평생을 일하고 기도해 주는 손이 고마워요. 속내를 털어놓던 동료들의 겸손하고 예쁜 말씨들도 떠오른다. 하루 일을 마치고 손의 물기를 닦고 손을 토닥이며 "오늘도 수고했어, 고마워~~" 가만히 속삭인다. 그리고 손 그림을 보며 웃음 짓는다. 하루를 감사하게 하는 이 시간이 나는 좋다.

사랑한다는 건

맑게 갠 하늘, 연초록 잎새들과 각양각색의 꽃들이 다투어 피고, 아이들의 밝은 웃음소리가 싱그러움을 더해주는 5월은 기쁨과 활력이 넘칩니다. 이맘때면 자연의 신비를 감탄하며 가족 나들이를 즐기는 이들이 늘어납니다. 아름다운 경치 못지않게 어우러진 가족들의 모습은 보기만 해도 행복합니다.

도서관 모임에서 가족 간의 축복과 표현의 중요성에 대한 나눔이 있었을 때, 젊은 엄마들의 발표는 참으로 감동적이었습니다. 아침마다 남편과 아이들에게 "사랑해요. 사랑해~. 잘 다녀와."라면서 꼬옥 안아주고 서로의 등을 토닥이는 인사를 한답니다. 생각만 해도 덩달아 행복해지는 아름다운 광경입니다. 이젠 쑥스럽고 어색해서 못했던 포옹을 용기를 내어 해봐야겠습니다.

5월의 첫 주간인 오늘은 인간의 존엄과 생명의 참된 가치를 되새기게 하는 생명 주일입니다. 부모 형제와 친지 은인들을 만나거나 전화나 문자로 감사와 안부 인사를 나누고, 많은 행사를 통하여 어려운 이웃을 돕고 사랑을 실천하기도 합니다.

저도 큰 시누이님과 꽃 마중을 나갔습니다. 연세가 드시고 몸이 불편하니 마음대로 활동하시기가 참 어렵습니다. 목욕탕에 모시고 가서 목욕도 하고, 좋아하시는 맛집도 들렀다가, 가까운 김수녕양궁장으로 갔습니다. 서넛이 앉아도 되는 넉넉하고 큼직한 돌은 햇볕에 따끈따끈하게 데워져 맥반석 돌침대가 부럽지 않습니다. 높푸른 하늘엔 행글라이더를 즐기는 이들의 모습이 한가롭고, 너른 광장에는 소풍 나온 유치원 아이들과 가족들이 모여 힘찬 응원과 함성이 젊음과 동심을 맘껏 발산하고 있습니다. 두어 시간을 따끈따끈한 돌의자에서 앉았다가 누웠다가 일광욕을 하면서 함께하는 시간이 참 편안하고 좋습니다. “날씨도 좋고, 좋은 구경도 하고, 맛난 것도 먹고, 오랜만에 바람도 쐬니 참 좋네. 어느새 이렇게 나뭇잎이 푸르고, 꽃도 예쁘게 피고…….” 쉬엄쉬엄 어렵게 하시는 말씀을 들으며 넘치는 사랑을 받고도 자주 찾아뵙지 못했던 미안함에 마음이 짠해집니다. 투병으로 소진한 기력에 무리가 될까 염려하였지만 좋아하시는 모습에 한 달에 한 번이라도 이런 시간을 가져야겠다고 다짐을 합니다.

“내가 너희를 사랑한 것처럼 너희도 서로 사랑하여라…… 내가 너희에게 이 말을 하는 이유는 내 기쁨이 너희 안에 있고 또 너희 기쁨이 충만하게 하려는 것이다. 이것이 나의 계명이다."(요한 15,9-12) 오늘의 말씀을 묵상하며 다소곳이 손을 모읍니다. 사랑한다는 건 기쁨이고 닫힌 마음을 열게 하는 신비입니다. "어려운 일이 생길 적마다 자네를 힘들게 했던 일들이 이제 와 생각하니 참 미안해……" 지나간 일들을 허물없이 이야기하며 마주 보고 웃습니다. 사랑은 온전히 믿고 의지하며 하나가 되게 합니다. 어떤 어려움도 이겨내는 힘이 되고 희망을 샘솟게 합니다. 꽃 마중에 사랑 나눔도 하며 시누이님과 함께 보낸 오늘은 행복도, 기쁨도, 감사도 두 배입니다.

회룡포 강변에서

산들바람에 꽃봉오리가 열리고 움트는 새싹들이 생명의 신비를 감탄하게 하는 아름다운 봄이다. 회룡포에 도착하여 버스에서 내리니 햇살을 담뿍 안고 샛노란 꽃을 피운 민들레가 반색한다. 산뜻하고 예쁜 고 모습에 멀미는 간데없고 환한 웃음이 터진다. 나도 누군가에게 그런 기쁨이 되고 싶다.

기승을 부리던 미세먼지도 발을 못 붙이고 쫓겨 간 회령포 강변은 청량하고 생동감이 넘친다. 여유롭고 편안하게만 보이는 물줄기가 둥글게 분지를 끼고 흐른다. 눈이 부시도록 쏟아지는 햇살을 받으며 그림같이 펼쳐진 정경이 마음을 사로잡고 옷깃을 잡아 흔들며 반기는 강바람이 기분을 좋게 한다.

이곳은 육지 안에 있는 아름다운 섬마을로 낙동강의 지류인 내

성천이 갑자기 방향을 틀어 둥글게 원을 그리고, 상류로 거슬러 흘러 태극무늬 모양으로 휘감아 돌아 분지를 만들어 마을이 들어선 곳이란다. 유유히 흐르던 내성천이 왜 갑자기 방향을 틀었을까. 집을 나설 때마다 잊고 나온 것을 찾으러 되돌아가 챙겨 들고 나서는 나처럼 강물도 그랬나 보다.

맑은 물과 너른 백사장, 물 위로 낮게 드리운 다리는 둘이서 팔짱을 끼고 건너야 할 만큼 폭이 좁다, 난간도 없이, 뻥뻥 뚫린 동그라미로 이어진 외길 고철 다리다. 출렁다리를 건널 때면 흔들림이 재미있었던 자신감은 어디로 가고, 물멀미 어지럼증에 잔뜩 겁이 난다. 동그라미는 긍정의 표시다. 서두르지도 겁내지도 말고 당당하게 어여 건너보란다. 온몸을 내어주고 밟히는 고단한 삶이련만 어찌 그리도 담담하고 의연하게 보이는 것일까. 갑자기 불어대는 바람에 텀벙 물로 떨어질 것만 같은 아찔함이 가슴을 쓸어내리게 한다.

다리를 건너니 강변길을 따라 곁가지를 다 잘린 튼실한 매화나무가 줄지어 섰고, 껍질을 뚫고 볼록하게 튀어나온 꽃망울들의 마중이 신비롭다. 좁쌀알처럼 작은 꽃봉오리들이 오밀조밀 모여 이룬 꽃송이들의 어울림이 정겨운 산수유길, 오솔길을 따라 늘어선 훤칠하게 자란 소나무 숲길은 젊음을 발산하는 청년의 기상이다. 사뿐사뿐 가벼운 발걸음들, 밝은 웃음을 머금고 여유롭게 산책을 즐기는 이들, 그들을 따라가며 구부정한 허리를 가끔 펴고 서서 크게 숨을 들이 내쉬며 '참 좋구나~!'를 연발한다. 볼품없이 주름진 얼굴에도 천진한 소녀의 미소가 봄꽃처럼 피어난다.

강을 따라 아래로 내려갈수록 통통한 꽃봉오리를 다투어 터뜨리며 향기도 색깔도 다른 매화의 향연에 발걸음을 옮길 수가 없다. 앙증맞은 꿀벌들의 날갯짓이 눈코 뜰 새 없이 바쁘다. '사람이 꽃보다 아름답다'라고 했던가. 그런 사람의 마음을 사로잡아 탄성을 올리게 하는 자연의 섭리를 어찌 말로 다 표현할 수가 있을까. 고결한 마음, 인내, 기품 결백 그리고 선비정신의 표상이라는 매화꽃 잔치에 넋을 잃고 시간 가는 줄을 모른다.

강물이 흐르면서 말끔히 씻어놓은 백사장에 잇달린 마을 앞으로 펼쳐진 너른 솔밭공원은 쉼터로도 놀이터로도 손색이 없다. 여름방학이 되면 아이들 데리고 한번 다녀가고 싶다는 유혹이 건들거린다. 문득 성당에서 단체로 어머님을 모시고 아이들과 팔결다리 아래 모래사장으로 소풍 갔던 날 생각이 난다. 모래성을 쌓고 달리기도 하고, 물장난에 옷이 다 젖어도 좋아라. 깔깔대던 일, 편을 갈라 뒷짐을 지고 뛰어가 밀가루 안에 든 박하사탕을 입으로 찾아 물고 밀가루를 후~ 불어 뒤집어쓰고 "얼씨구 좋다!" 면서 다리를 번쩍번쩍 들고 덩실덩실 탈춤을 추었던 나의 반전은 힘 빠지고 심드렁했던 경기 분위기에 폭소를 터뜨리게 했었지! 그땐 어디서 그런 용기가 났을까. 배를 쥐고 눈물이 나게 웃어 대던 이들의 영상을 떠올리며 기쁨도 두 배다.

동네를 돌아 나와 다시 다리 앞에 섰다. 비록 볼품없게 보이지만 낭만과 정감이 느껴지는 멋지고 운치 있는 명품이다. 다리를 건너기 시작하자 갑자기 세차게 불어오는 강바람에 정신이 번쩍 든다. 헤어짐이 섭섭한 속내를 드러냄인가. 낯설은 만남이 두려움보다 즐겁고 재미있는 건 강바람이 주는 신선함 때문인가보다. 딴전부리지 말고 조심하고 바르게 지혜롭게 살아가라 한다. 우리는 나란히 팔을 벌리고 옷자락을 날리며 까르르 웃음으로 화답을 한다. 모두가 맑고 고운 동심을 한껏 내뿜으며 즐거움으로 하나가 되었다.

매화향도 솔향도 맑은 물길에 놓인 동그라미로 이어진 고철 다리도 거침없이 내어주고 품어주면서 생명을 키우는 한결같은 어머니의 마음을 가늠하게 한다. 회룡포 강변의 신선한 기운을 담뿍 안고 순화된 마음은 작은 들꽃들의 가녀린 몸짓도 사랑스럽다. 들꽃들과 눈을 맞추며 아쉬움을 미소로 달랜다.

삶은 아름다운 것

싸늘한 바람이 옷깃을 여미게 한다. 딸의 전화를 받고 서둘러 집을 나선다. 지나가는 이들의 발걸음이 바쁘다. 덩달아 좌우를 살피며 내 발걸음도 빨라진다. 조급한 마음에 빨간색 신호등 불빛이 눈에 거슬리고 답답하다, 초록 불이 켜지자마자 건널목에서 기다리고 있는 딸을 만나 하나로마트 뒤편으로 달려갔다. 코로나 19 감염 예방 마스크를 구매하기 위한 줄서기다.

한겨울 옷차림에 마스크와 모자로 얼굴을 가리고 늘어선 이들의 모습은 마치 범죄자들처럼 가련하게 보인다. 땅만 내려다보고 발길질을 하거나 주머니에 손을 넣은 채 웅크리고 선 대열 뒤로 가서 줄을 섰다. 초라하고 낯설고 서먹하다. 초조함과 지루함을 달래며 고개만 까딱하고 서성이는 별난 광경은 생명과 건강, 삶에 대한 사람들의 관심이 얼마나 큰지를 실감하게 했다.

마스크는 대체로 의료진이나, 추운 날, 감기나, 청소할 때 먼지로부터 자신을 보호하기 위해서 쓴다. 꽃무늬나 동물 그림 마스크를 쓴 아가들의 모습은 앙증맞게 예쁘고 귀엽기도 하려니와 구매도 큰 어려움이 없었다. 그런데 코로나19 감염으로 인한 불안감의 위력은 마스크 대란을 초래하고 줄을 서지 않으면 살 수가 없게 되었으니 참으로 열없는 일이다. 검정색 마스크를 쓴 사람을 만나면 섬뜩하고 두려움에 긴장이 되어 피하고 싶던 거부감도 이젠 무디어졌다. 코와 입을 막으니 소통도, 호흡도 불편하고 김이 서린 입언저리는 얼얼하고 근지럽다. 만나면 반갑고 웃음으로 떠들썩했던 날들이 그립고 자유롭고 행복한 삶은 소통이라는 것을 절실히 깨닫게 한다.

오후 2시부터 판매한다는 마스크를 아침 7시 30분에 나와서 줄을 섰다니 코로나19 감염 예방의 심각함은 두말할 여지가 없다. 판매 시간 20분 전이다. 몇 차례 사람들의 수를 헤아리던 직원들이 열 명 단위로 끊어 400이라는 번호표를 내게 주고 갔다. 주위에 섰던 이들의 말문이 터지고 잘 가지고 계시라는 기분 좋은 목소리에 실린 당부는 번호표의 가치와 소중함을 더한다. 오늘 판매 분량은 500인분이라고 했다. 휴대폰을 든 이들이 바빠졌다. 지금 빨리 오라고 가족과 이웃을 챙기는 목소리에 생기가 넘친다. 마치 코로나19에서 벗어나기라도 한 듯, 지루했던 기다림은 축제의 분위기가 되었다.

온 세상을 신바람이 난 듯 거리낌 없이 휩쓸었던 코로나19는 메르스 때에도 미세먼지에도 상상하지 못한 판매율로 마스크의 존재를 급상승시켰다. 마스크를 쓰지 않으면 주위의 시선이 따갑고 불안하다. 시시때때로 방영되는 영상은 세상과 격리되어 삶과 죽음의 고통에 시달리는 환우들과 사투를 벌이는 의료진들, 자원봉사자들의 희생적인 노고와 현황을 보도하고 모바일 메신저는 외출, 모임, 행사 자제 등, 사회적 거리 두기를 강화하고 위생수칙 준수에 동참해주기를 바란다는 문자를 수없이 보내고 있다.

3개월이 넘도록 외출이 자유롭지 못하니 텅 빈 거리는 경제적 어려움에 뒤따르는 무기력과 초조함도 달랠 길이 없다. 손수레에 의지하거나 종이상자를 깔고 앉아 차례를 기다리고 있는 이들, 춥고 힘들어도 집에만 있다가 사람 구경도 하고 바람을 쐬니까 좋다는 이들, 마스크 없이 줄을 선 이를 챙겨주는 가겟집 아낙의 선심, 무심한 듯하지만 배려하는 마음들이 아름답다.

인원 점검으로 다시 받은 번호표는 404번이다. 이른 아침부터 줄을 섰거나 한 시간을 섰거나 마스크 5장들이 한 봉지지만 불평 없이 환한 표정들이다.

삶은 아름다운 것이다. 가장 어렵고 힘들 때 드러나는 인정과 배려는 서로에게 위로가 되고 행복한 감동으로 기쁨을 함께할 수 있기 때문이다. 온 국민이 한마음 한뜻이 된 적극적인 대처와

성원은 천방지축으로 세상을 들썩이며 극심한 혼란과 두려움을 몰고 와 기세등등했던 코로나19도, 뭉치면 죽고 헤치면 산다는 어이없는 구호도, 위세가 꺾이기 시작하고 있다. 이젠 줄을 서지 않아도 생년에 맞는 요일이나 주말이면 자유롭게 마스크를 사서 사용할 수 있게 되었다.

하늘은 맑고 상큼한 바람에 가슴이 탁 트인다. 아직은 사회적 거리 두기를 권고하지만, 산성 너른 잔디밭에 자리를 깔고 모여 앉아 즐기는 이들이 그지없이 행복하고 즐거워 보인다. 평화롭고 아름다운 한 폭의 그림이다.

건강백세

평균 수명이 늘어감에 따라 복지관이나 주민센터에서는 노후를 건강하고 보람있게 보내도록 다양한 프로그램을 운영하고 있다. 요가로부터 건강과 문화, 취미생활뿐만 아니라 노인 일자리까지 적성에 맞는 선택으로 지식을 쌓고 재능기부도 하며 노년을 알차게 보내는 이들의 열정은 젊은이 못지않다.

나도 동화구연과 동극반에 등록을 하고 교육을 받으며 어린이회관과 도서관에 견학 온 아이들, 병원이나 요양원의 환자들을 방문하며 동극과 전래, 체험 놀이, 그림책 읽어주기로 다양한 활동을 하게 되었다.

요양시설이나 병원을 찾을 때면 한생을 돌아보며 느끼는 점도 많다. 봉사할 수 있는 환경과 건강이 감사하고, 노년의 아픔과 외로움, 피할 수 없는 죽음을 어떻게 준비하고 지혜롭게 맞을 것인가를 생각하지 않을 수 없다.

청주시에서 시행하는 1인 1책 펴내기를 통하여 소박하고 순수하게 써 내려간 글을 모아 첫 작품집을 펴내고, 가족과 형제들 앞에서 글을 읽으며 목이 메어 울먹였던 감성, 그 끈을 놓지 않고 등단에 이른 기쁨과 감격은 가슴을 뛰게 했다.

'나이는 숫자일 뿐'이라고 했다. 건강 백세 체조반에 들어가 비록 비뚤어지고 아픈 허리지만, 음악에 맞춰 따라 하노라면 어설프지만 재미있고 가뿐해지는 기분은 신바람이 난다. '너는 늙어 봤냐 나는 젊어 봤단다. 이제부터 이 순간부터 나는 새 출발이다 … 인생이 끝나는 건 포기할 때 끝장이다…♬♪' 나는 이 노래가 좋다. 그렇다 포기하지 않을 때 자신감도 생기고 기쁨도 희망도 나래를 편다. 경쾌한 멜로디는 전신으로 퍼지며 몸을 흔들게 하고, 출발의 설렘과 자신감을 주는 노랫말은 포기할 수 없는 무한 도전의 가치를 부여하며 나를 일으킨다.

사람은 세 살 때까지의 재롱으로 평생 부모에게 할 효도를 다 한다는 말이 있다. 자식은 성장하여 짝을 만나고 둥지를 틀면 부모를 떠나게 마련이다. 건강하게 자라서 행복한 가정을 이루면 이보다 더 큰 기쁨이 있을까. 자식들에게 연연하지 않고 집착을 버리는 건 서로를 위한 현명함이다. 든든한 버팀목이지만 댓가를 바라거나 지나친 간섭은 서먹한 관계가 되기도 한다.

비우고 어울리는 노년은 건강하고, 감사하는 지혜로움은 행복한 삶의 비결이라는 생각이 든다. 대중교통을 이용하며 만나는 이들의 다양한 모습은 많은 것을 생각하게 한다. 따뜻한 배려의 아름다움도, 까칠한 폭언과 태도에서 느껴지는 당혹함과 사고도 나를 성장하게 한다.

사람들에게 나는 어떤 느낌을 줄까. 몸이 힘들수록 자신감도 떨어지고 건강도 무시할 수 없는 건 피할 수 없는 사실이다. 백세시대라지만 오래 살고 싶은 마음보다 건강하게 살다가 누구에게도 짐이 되지 않는 마무리를 하고 싶다. '이제부터 이 순간부터 나는 새 출발이다 ♪♬' 목적이 있는 삶은 아름답고 건강하다. 아직은 봉사활동을 하고 글도 쓰면서 체조로 심신을 단련하며 어울리는 삶이 아닌가. 매 순간을 건강하게 감사하며 기쁘게 사는 거다.

하루의 일을 마치며 나를 칭찬한다. '나는 참 대단해. 오늘도 다 해냈잖아. 노후를 건강하고 아름답게, 오늘도 건강백세 파이팅이다.'

동행

따사로운 햇살과 신선한 바람, 상큼하고 풋풋한 숲 향이 참 좋다. 환하게 꽃을 피웠던 매화며 산수유, 벚나무들이 싱그런 잎새들 사이로 조롱조롱 맺은 열매들을 내보이며 알은체를 한다. 참 좋은 계절이다.

처음 이곳으로 이사를 왔을 때는 날마다 둘레 길이나 구룡산을 오르내렸다. 산악회를 따라갈 때도 정상을 정복하는 쾌감에 재미를 들였던 내가 교통사고를 당하고 난 후로는 모든 것을 포기해야 했다. 걷는 즐거움이 힘든 노동처럼 버거웠고, 무력한 자신이 한심하고 우울했다. 남편은 건강을 위해 조금씩이라도 걸어야 한다면서 개울가나 유수지를 걷자고 앞장을 선다.

가볍게 스쳐 가는 활기찬 이들의 발걸음이 부럽다. 나도 저렇게 젊고 건강한 때가 있었던가. 균형을 잃고 비뚤어진 허리, 무거운 몸, 진땀이 나고 숨이 차서 주저앉을 것만 같은 고된 나날이

고마움보다 서럽고 자존심이 상한다.

생태 둘레길을 걷는 날이다. 코로나19로 모자와 안경, 마스크까지 하고 나서면 누가 누군지 알아보기가 어려우니 그나마 다행이다. "많이 힘드시죠? 저는 이만큼도 걷지 못했어요." 곁으로 다가선 부인이 말을 건넨다. 그는 허리가 아파서 병원에 다니며 수없이 주사를 맞고 물리치료를 받았어도 그때뿐이었는데 산책길을 꾸준히 걷고, 설치된 운동기구를 이용하면서 이만큼 건강해졌다고 한다. 그는 똑바로 걷고 있었다. 솔깃한 남편이 바짝 다가서며 이것저것 나이까지 묻는다. 60에 8개월 정도 하니까 좋아지기 시작했다니 당신은 2년만 꾸준히 해보자고, 퇴근만 하면 핑계를 대는 나를 달래가며 둘레길로 나가기 시작했다. 젊었을 땐 상상도 못 했던 자상함과 배려에서 오는 감동은 포기할 수 없는 이유가 되었다. 반환점에 있는 운동기구에 설명된 방법대로 운동을 시키며 끈질긴 설득과 관심은 나를 변화시켰다. 지성이면 하늘도 감동한다 했다. 어느 누가 나를 위해 이토록 헌신할 수 있을까. 투정은 고마움으로 바뀌고 병원으로 가던 발길이 휴일이면 수목원을 찾아 나서기 시작했다. 다름이 하나가 되고 버팀이 되어 평생을 동행하는 부부가 된 인연이 날이 갈수록 감사하고 부족한 자신을 돌아보며 미안하고 아프게 한다.

코로나19는 마스크에 모자까지 무장하게 했지만, 가정과 건강의 소중함을 일깨우고 생활수칙을 준수하는 습관과 서로를 격성

하고 소통하는 아름다움으로 변화시켰다. 산책을 나서면 가끔 노래하는 장애인 가족을 본다. 건장한 청년 장애인인 아들은 어머니와 또는 아버지와 팔짱을 끼고 노랫말을 일러주고 부모는 받아서 나지막이 노래를 부른다. 과수원길, 사랑을 위하여, 섬집아기……등, 발음이 어눌하고 몸에 장애가 있지만, 항상 밝고 즐거운 표정은 그늘이 없다. 아들도, 조용히 따라 부르는 부모의 노랫소리도 마음을 편안하고 따뜻하게 한다. 참으로 감동적이고 아름다운 동행이다. 장애는 부끄러운 것이 아니다. 힘이 솟는다. 사랑은 모든 것을 초월하고 아름답게 한다.

온 세상이 푸르다. 활기가 넘친다. 솔숲에 부는 바람이 향긋하다. 고된 재활을 마치고 흐르는 땀이 어찌 이리도 시원하고 상큼한가. 빛을 쏟아내며 기우는 해님이도 눈부시다. "고마워요. 수고했어요." 동행의 인사가 정겹다.

오월 문학제

산과 들이 푸르고 꽃들이 다투어 피어나는 계절이면 평생교육원 수필반에서는 야외로 나가 자연과 함께 하는 문학 행사가 열린다.

우수한 작품상을 받거나 특별 출연을 하는 것은 아니지만, 뜻깊은 행사에 축하 분위기를 더하고 싶은 마음에 한복을 준비하고 서둘러 교육원으로 향했다. 강의실에 들어서니 한복을 곱게 차려입고 매무새를 다듬던 회원이 반가이 맞는다. 갈아입을 곳이 마땅찮을 것 같아서 미리 입고 왔단다. 나도 옷을 갈아입기로 했다. 옷고름을 가지런히 매만져주며 시어머니란다.

"시어머니라고?"

"예, 시어머니가 안 계셔서~~" 우린 마주 보며 환하게 웃었다. 한복을 입은 건 우리 둘뿐이다. "축하합니다. 상을 받으시는군요" 인사를 받으며 민망하고 머쓱하다. 권유도 있었고 축하하는 의미도 있으니 잘했다고 애써 마음을 추스르면서도 어색함을 떨칠 수가 없다.

율봉공원 행사장에는 '오월 문학제'라는 펼침막이 펼쳐져 있고, 휘휘 늘어진 버들가지들은 바람을 타고 춤사위를 펼친다. 산뜻한 초록 잎새들과 활짝 핀 꽃들이 어울려 퍼지는 향기가 싱그럽다. 아늑한 정자에 자리를 잡았다.

지도 교수님의 말씀과 내빈 소개에 이어 문학상을 받는 회원들에게 보내는 축하와 환호의 박수가 분위기를 돋우고 이어지는 시 낭송에 바람도 잦아든다. '청마 유치환과 이영도의 편지'를 쓴 작가에 대한 시대 배경과 심경을 이해하기 쉽게 해설하며 낭송하는 작가님은 숭고한 사랑의 아픔과 아름다움을 노래하고, 이어지는 회장님의 색소폰 연주는 전쟁 중인 우크라이나의 평화를 위한 기도를 담았다. '오직 하느님께 기도하오니 우크라이나를 구해주소서' 날마다 보도되는 우크라이나의 참상은 6·25의 아픔을 떠올리고, 평화를 갈망하는 간절한 기도는 가슴을 울리며 숙연히 머리를 숙이게 했다.

회원들이 기증한 물품들을 추첨하면서 축제의 마당은 활기를 되찾고 박수와 웃음으로 즐거움이 넘친다. 내가 뽑은 카드는 척박한 곳에서도 잘 자라고 생명력이 강한 질경이다. 잎을 삶아 무치면 담백하니 맛있고, 뿌리를 넣고 닭을 삶으면 비린내도 없이 쫄깃한 맛이 일품이다. 독성이 없고 당뇨에 좋다고 선호하는 식물이니 내 맘에 쏙 드는 카드를 뽑은 셈이다.

물오른 버드나무 가지를 비틀어 만든 호드기 불기가 시작되었다. 추억의 나래를 펴고 우린 하나같이 천진한 아이들이 되었다. '뿌우 뿍, 삐리릭 삐~익 삑…….' 나란히 앉아 삐죽이 입에 물고, 마주 보며 불기도 하고, 두 손으로 감싸 멋진 포즈를 취하기도 하며, 높고 낮고 길고 짧게 제각각 내는 소리가 거칠고 투박해도 까르르 터지는 폭소가 아이들 못지않게 재미를 더한다.

'시끄럽다 뱀 나온다'라는 어른들의 호통도 못 들은 척 신나게 불어대며 뛰놀았던, 지금은 백발이 성성한 노인이 되었을 동무들 생각도 난다. 연한 버들가지들을 추리면서 싸릿가지와 댕댕이 덩굴로 엮어 만든 채반이며 바구니를 만들던 체험학습을 떠올리며 버드나무 가지들을 날줄과 씨줄로 놓고 엮기 시작했다. 가을볕을 담뿍 안고 뜨락에서 새빨간 고추며 무말랭이, 호박고지를 곱게 말리던 맷방석이며 채반들이 눈에 어린다.

한복 덕분에 얼결에 맺어진 고부는 나란히 앉아 호드기를 불고 바구니를 엮으며 문학제의 주인공이 되었다. 멋진 작품 하나 만들고 싶어서 미리 짚으로 엮은 바구니를 풀어 연습도 했는데 완성된 작품을 내놓지 못하고 일찍 돌아오면서 아쉬움도 크다. 다음에는 반듯한 작품을 하나 만들어 봐야겠다.

문학 행사에 시상식과 강의 시 낭송 악기 연주는 있지만, 호드기를 만들어 불며 버드나무 줄기로 바구니를 엮어 옛 문화를 연출하는 행사는 만나기가 그리 쉽지 않다. 잊혀지는 선조들의 멋이 살아 숨 쉬는 곳에 문학이 있다.

다채로운 행사를 통하여 심성을 다듬고 좋은 글을 쓰도록 심혈을 기울이시는 교수님의 심중을 헤아리며 '나박김치 같은 산뜻하고 맛깔나는 글'을 쓰고 싶다. 오늘 같은 날 고운 시 한 수 지어 읊었으면 얼마나 좋았을까! 아쉬움을 달래며 질경이가 가져온 선물을 꺼내 본다. 타월과 한 컵들이 스테인레스 이중 머그컵이다. 소박하고 사랑이 깃든 선물이 가슴을 따뜻하게 한다.

성지로 간 소풍

하늘은 맑고 기분 좋은 아침이다. 어르신 대학에서 소풍 가는 날이다. 강의실을 떠날 때면 유치원생들보다 더 큰 보살핌을 받는 우리다. 은백의 하얀 머리에도. 멋진 모자 위에도, 퍼마와 염색으로 멋을 낸 물결 위에도 어김없이 진노랑과 빨간 장미꽃이 피고 목에 걸린 이름표도 신바람이 난다. 머리에 꽃을 꽂을 때의 어색하고 서글펐던 감성은 어느새 환하게 웃음꽃을 피우지만, 수녀님과 봉사자들은 꽃핀 머리를 수없이 점검하며 긴장하는 날이다.

버스에 오르면서 골고루 챙긴 봉송을 하나씩 받아 들었지만, 나름대로 준비해 온 간식을 주고받으며 오가는 훈훈한 정은 우리 세대의 특별한 미덕이다. 창밖에는 가을빛에 여물어가는 열매들, 환하게 핀 들꽃들, 바람결에 춤사위를 벌이는 억새들의 물결이 장관이다. 눈이 시리도록 높푸른 하늘이 가슴을 후련하게 하고, 신선한 바람에 몸도 마음도 깨끗이 씻기는 듯하다.

당진 내포 지역의 신리성지에 들어서니 너른 들판 한가운데 자리한 건물 지붕 위로 우뚝 선 십자가가 옷깃을 여미게 한다. 잔디밭 오솔길을 따라 성당 안으로 들어섰다. 성호를 긋고 맨 앞자리에 앉았다. 어린 예수님을 안고 제대를 향한 승리의 성모 모자상이 눈길을 끈다. 고귀하고 아름다운 모성이 손을 모으게 한다. '천주의 성모 마리아님, 저희를 위하여 빌어주소서.'

미사 시작을 알리는 맑은 종소리가 사방으로 울려 퍼진다. 종소리는 아스라이 멀어져간 옛날을 회상하게 했다. 살며시 눈을 감고 종소리를 센다. 행사 때마다 성당의 종을 치던 이의 해맑은 웃음이 떠오르고, 기타연주로 들려주던 '엘리제를 위하여' 선율이 귓가를 맴돈다. 소아마비와 6·25가 할퀴고 간 상흔으로 장애와 고아라는 엄청난 아픔이 있지만, 항상 감사하며 밝고 기쁘게 살아갈 수 있는 건 '신앙의 힘'이었다고 조용히 말하던 그가 생각난다.

미사가 시작되고 복음이 선포되었다. 예수님을 집으로 모셔 들인 마르타와 주님의 발치에 앉아 그분의 말씀을 듣고 있는 동생 마리아, 시중드는 일로 분주한 마르타는 예수님께 저를 도우라고 동생에게 일러 주십시오. 라고 청하지만, 예수님께서는 "필요한 것은 한 가지뿐이다. 마리아는 좋은 몫을 선택했다."(루카 10,38-42)고 하신다. '내게 필요한 한 가지뿐인 좋은 몫' 말씀을 되풀이하고 묵상하며 내 안에도 마르타가 있음을 본다.

신리성지는 삽교천 상류에 있는 마을로 조선 시대에는 바닷길을 통해 내포의 교우촌들과 연결된 천주교회의 중요한 거점이었고, 프랑스 선교사들이 배를 타고 입국하는 통로였으며 1784년에 내포의 이존창이 세례를 받음으로 천주교가 전해진 곳이다. 1865년부터 21년간 제5대 조선 교구장으로 다블뤼 주교가 거주하였던 유적지이며, 위엥, 오메트르, 황석두, 손자선 성인들의 작은 경당마다 기록된 신앙고백은 나의 신앙을 돌아보며 경탄하게 했다.

서양 세력의 확장과 정치적 상황, 특정한 사건에 위기를 느끼게 된 대원군의 엄청난 박해와 참혹한 핍박으로 비신자 마을이 되었지만, 현재 주교관은 옛 모습대로 복원하였고, 한국의 까타콤바라 일컫는 순교미술관의 그림은 이종상 화백이 3년간의 작업을 통해 완성하여 기부한 작품이라고 한다.

미술관과 전시관에서 만난 선조들의 신앙심과 생활상은 어릴적 고향 마을에 오셨던 외국인 신부님과 회장님댁에서 거행되던 미사와 행사를 보는 듯했다. 그땐 그냥 구경거리였는데 오직 믿음으로 지켜온 선조들의 혼이 깃든 성지를 순례하면서 나는 과연 참 신앙인으로 부끄럽지 않은 삶을 살아가고 있는가. 곰곰이 생각에 잠긴다. 점점 높아지는 하늘이 청량감을 더한다.

우뚝 솟은 십자가 아래 흐르는 신앙의 맥이 온 들판을 황금빛으로 물들이고 막힌 데 없이 깃들인 삶의 자락마다 가슴에 숨어 핀 꽃이 은은하게 향기를 뿜어낸다. 성숙한 신앙을 다짐하며 주님의 기도를 바치고 성지를 나선다. 버스에 오른 우리는 힘찬 박수와 구호로 "건강 평화 감사"를 외치며 웃음꽃이 활짝 피었다. 서로를 배려하며 손사래로 오가는 정겨운 인사가 아름다운 성지로 간 소풍날이다.

제2부

여름이 오면

창밖엔 조용히 솔비가 내린다. 목덜미가 가렵고 따끔하다. 어김없이 찾아온 땀띠들이 보내는 반갑지 않은 신호다. 불현듯 나 보다도 훨씬 심한 고통을 당하시면서도 땀띠 분을 흠뻑 찍어 톡톡 두드려주며 안쓰러워하시던 어머니의 모습이 선연하게 떠오른다. 그리운 내 어머니! 베이비파우더 통을 들고 서서 하염없이 빗줄기를 센다.

- 〈여름이 오면〉 중에서

계곡에서 보낸 하루

제주도 여행

여름이 오면

사랑의 선물

산막이 옛길

목욕

행복한 은빛 청춘

돌탑길 하루

염색

연휴 2박 3일

계곡에서 보낸 하루

하늘은 맑고 바람도 시원하다. 코로나19의 여파로 올해 들어 처음으로 문학회 행사가 있는 날이다. 젊은 작가님의 차에 함께 타고 행사장으로 가는 길에 펼쳐지는 진초록빛 산야가 평화롭고 아름답다. 창을 열고 산이 내어주는 상큼하고 신선한 내음에 마음도 싱그러운 산빛을 닮아간다. 막혀있던 오감이 터지고, 감사하다 행복하다는 말씨들이 기쁨과 즐거움을 더한다.

행사장은 대야산 용추계곡 물가에 있는 너럭바위로 햇빛을 가려주는 나무 그늘이어서 발을 물에 담그고 편히 쉴 수 있는 곳이라고 했다.

차에서 내려 행사장까지 오르는 조붓한 오솔길은 아기자기하고 재미가 났다. 나무로 된 계단을 올라 우거진 숲과 맑은 물길을 바라보며 걷는 흙길도, 하얗게 바랜 바윗돌을 오르내림도, 질척한 도랑에 놓인 징검돌을 밟고 건너는 아슬아슬함도, 긴장과 웃음을 더하며 동심이 나래를 편다.

먼저 도착한 분들의 환영도, 만남의 기쁨과 반가움으로 오가는 인사도 밝고 훈훈하다. 숲속 물가에 마련된 너럭바위에 앉았다. '물결로 쓰는 수필'이라는 멋진 문구가 가슴을 설레게 하고 감칠맛 나는 시어에 감탄사가 터진다. 회장님들의 이 취임식과 동인지 '생각의 지평' 출간 기념행사가 시작되었다. 계곡물에 들어서서 거행하는 낭만적이고 이색적인 행사에 회원들은 환호와 큰 박수를 보내며 웃음꽃을 피운다. 티 없이 맑고 예쁜 마음들이 벌이는 잔치가 부러운 듯, 바위를 휘돌아 내리꽂히는 물소리도 생동감이 넘치고, 음악처럼 들리는 낭만적인 분위기가 즐거운 한마당이다.

기념식을 마치고 몸이 불편한 분들을 위해 겉옷을 허리에 동이고 자원봉사를 나선 작가님의 건강하고 밝은 표정에 모두가 행복하다. 동인지를 펼쳐보기도 하고, 흐르는 물소리 시원한 바람에 마음을 씻으며, 시심에 젖기도 한다. 물 가운데 이동식 자리를 마련하고 둘러앉거나, 너럭바위에 삼삼오오 모여앉아 담소를 나누는가 하면, 오카리나 연주에 맞춰 노래를 부르기도 한다. 모두가 신선이 된 듯 여유롭고, 천진한 아이들처럼 순수하고 아름답다. 마치 휘돌아가는 쇠공이가 옥빛 물결을 쉴 새 없이 말아 올리며 내달리는 듯한 기묘한 폭포의 모습은 흥에 겨워 춤추는 무희의 몸짓이다. 튜브를 타고 물보라를 일으키며 곤두박질로 하얗게 부서지는 물을 뒤집어쓰고 신바람 난 아이들, 재롱 체조를 선보이고 '야호!'를 외치며 물로 뛰어드는 어린아이들을 보는 재미에 시간 가는 줄을 모른다. 불현듯 손주들이 보고 싶다. 물소리가 재깔대는 손주들 목소리처럼 들리니, 첨벙대며 물탕 놀이도 하고 싶다. 신을 벗어들고 물로 들어섰다. 휘적휘적 걸어 본다. 유유히 흐르는 맑은 물의 기운이 산뜻하고 시원하다. 애무하듯 살며시 발을 감싸고 돌아 아무렇지도 않은 듯, 비껴가는 물의 심성을 닮고 싶다.

천천히 산길로 접어들었다. 길가에 핀 꽃들이 앙증맞고 귀엽다. '龍湫'라는 글을 새긴 돌로 된 표석을 지나 혼자 걷는 길이 편안하고 좋다. 산도 물도 보이는 모든 것이 아름답고 신비하다. 마냥 걷고 싶다.

일행을 만나 내려오는 길은 반대편으로 잡았다. 맑디맑은 물에 하도 씻겨서인가. 온통 새하얀 너럭바위에 눈이 부시다. 물소리에 반한 듯 바위에 누워 오수를 즐기는 이들, 미끄러지는 물길을 따라 튜브 썰매를 즐기는 아이들, 사진 촬영에 바쁜 이들, 등산객들의 건강한 모습들이 한 폭의 그림이다. 하트형 용추를 넘쳐 바위벽을 타고 쏟아지는 물길이 가슴을 서늘하게 한다. 흐르다 고임은 기다림이고 어울림이다. 물길을 따라 걸으며 '만물을 창조

하시고 보시니 좋더라' 하신 말씀을 묵상하며 천천히 산길을 내려온다.

용소암 앞에 멈춰서서 안내 글을 읽는다. 정말 용추에서 두 마리의 용이 살다가 승천을 했을까. 얼마나 금실이 좋고 행복하게 살았기에 용추를 하트로 만들었을까. 승천하다가 발톱이 바위에 찍힌 자국이 선명해 용소암이라 한다니 용들도 흔적을 남기고 싶었나 보다. 선명하게 찍힌 발자국을 보며 멋지게 승천하는 한 쌍의 용을 그려본다.

차창 문을 열어놓고 달리는 기분이 날아오를 듯 상쾌하고 시원하다. 우리는 아이들처럼 '산 위에서 부는 바람 시원한 바람……♪♬'을 신나게 불러댔다. 몸은 늙어도 마음은 청춘이라 했던가. 대자연의 품 안에서 '물결에 쓰는 수필'로 보낸 여운이 행복한 미소를 퍼 올린다.

제주도 여행

아들네와 제주도에서 만나기로 한 날이다. 비행기의 창을 통하여 파란 하늘에 그려지는 보드라운 깃털, 탐스럽고 뽀얀 목화송이, 새하얀 눈밭을 마음대로 그리는 구름이 신기하고도 재미있어 눈길을 떼지 못한다.

공항으로 마중 나와 반색을 하는 아들, 손자, 며느리와 함께 우럭 정식으로 이른 저녁을 먹고 숙소에서 가까운 불빛 정원으로 갔다. LED 수정 불빛으로 반짝반짝 빛나는 백조 부부의 하트형 입맞춤이 신선하고, 정겨움을 더한다.

"야~ 아! 참 잘 왔다." 남편의 감탄에 아들의 기쁨도 감사도 두 배다. 불빛 정원에 들어서니 썰매를 끄는 순록의 행렬, 다양한 빛깔의 모형들이 현란하다. 아치형 수정동굴로 들어서니 은실처럼 흘러내리는 불빛에 나도 모르게 탄성이 터진다. 마치 옥수에 샤워를 하는 듯한 신비롭고 산뜻한 기분이다.

돌고래로부터 공룡에 이르기까지 동식물을 망라한 제주도의 특징과 자연, 해와 달 행성을 비롯한 우주와 천지 창조, 만물을 담은 섬세한 조형물들을 감상하며 들뜬 마음은 동화 나라의 주인공이 된 것만 같다. 수많은 불빛을 이용한 효과는 살아 숨 쉬는 생명체가 아니어도 보는 이들의 감성을 사로잡고도 남는다. 감탄사가 절로 터질 만큼 놀라운 기술이다.

예쁜 꽃길로 들어섰다. 형형색색의 색유리 꽃들이 화려한 빛을 발하며 마중을 한다. 그런데 아름다움보다 왠지 모를 삭막함과 허탈함이 밀려온다. 생명의 신비가 거기 있었다. 아주 하찮아도 살아있음은 생동감이 있고, 눈에 보이지 않아도 저마다의 독특한 향기로 자신을 드러낸다. 제아무리 좋은 작품도 존엄한 생명의 고귀함과 아름다움을 뛰어넘을 수는 없음을 본다.

남편과 손자는 인생사진관의 다양한 체험 코너를 돌면서 드럼도 쳐보고, 골프 치는 포즈도 취하며 신바람이 났다. 손자를 만나면 손자처럼 되어버리는 남편의 장난기는 바라보기만 해도 폭소가 터진다. 모두가 즐겁고 행복하다.

이튿날 일정은 새별오름이다. 새별오름은 제주의 서부에 있는 기생화산으로 억새와 어울린 저녁노을과 일몰이 아름답기로 유명한 곳이라고 한다.

진초록의 싱싱함에 붉은빛을 머금고 피어나기 시작하는 뭉친 꽃술 가닥이 힘차고 씩씩한 청년의 기상이다. 불어오는 바람에 서걱이며 펼치는 억새의 춤사위가 장관을 이룬다. 이야기꽃을 피우며 여유롭게 산책길에 들어섰다. 아빠와 할아버지, 엄마와 막내 고모, 할미 곁을 번갈아 오가며 손자는 신바람이 났다. 평탄하던 길이 급경사를 이루며 가팔진 오름이 시작되었다. 중간도 못 갔는데 진땀이 나고 숨이 멎을 듯 헐떡거려진다. 우리 곁을 지나가는 수많은 이들의 염려가 무게로 다가온다. 나의 한생도 항상 평탄하기만 한 건 아니었다. 오르고 또 오르면 못 오를까. 발걸음에 힘을 주며 천천히 오른다.

"할머니, 제 손 잡으세요. 빨리요!" 일곱 살 손자가 다급하게 외치며 손을 내민다. 할미의 모습이 무척이나 힘들어 보이고 걱정이 되었나 보다.

"괜찮아, 할머니는 붙잡으면 더 힘들어. 어서 올라가." 손사래를 치며 오르는 내 모습이 안쓰러워 애가 타는 표정이 귀엽고도 사랑스럽다. 문득 시누이님 가족을 따라 어린 아들과 속리산에 갔던 생각이 난다. 건강이 좋지 않아 몇 번이고 주저앉다가도 앞장을 서며 나를 챙기는 아들을 보면 포기할 수가 없었다. 마침내 문장대에 올라 아들을 부둥켜안고 벅찬 기쁨의 눈물을 흘렸던 그날이 아스라이 떠오르며 콧등이 시큰하다.

달달 떨리는 다리에 힘을 싣는다. '새별오름 518.3m' 정상이다.

표지석을 짚고 땀을 들이며 주위를 내려다본다. 모두가 내 눈 아래 있다. 오늘도 나는 해냈다. 통쾌하다. 해풍에 물결을 이루며 억새들이 환영의 춤판을 벌인다. 성취감에서 오는 기쁨에 힘겨웠던 고통은 뿌듯함으로 자리바꿈을 했다.

오직 정상을 향해 숨을 몰아쉬며 생각 없이 오른 길이다. 아름다운 노을빛을 상상하며 서쪽 하늘을 바라본다. 사람들은 해넘이를 보면서 어떤 생각을 할까. 자연의 신비를 감탄하며 멋지다고 환성을 지를까. 주위를 온통 빨갛게 물들여놓고 지는 해를 바라보며 어떤 상념에 잠길까. 허탈감은 없을까.

갑자기 세찬 바람과 함께 몰려드는 검붉은 구름이 해를 가리고 어둠이 내려앉기 시작한다. 기대를 버리고 내려가는 이들의 발걸음이 빨라진다. 금방이라도 소나기를 쏟아낼 것만 같다. 섬뜩하다. 두려움이 앞장을 선다. 미련을 버리고 억새꽃이 한창일 때 오라는 신호인가. 뚝뚝 굵은 빗방울이 떨어진다. 아들과 딸의 부축을 받으며 반대편 하산길로 내려오면서 아쉬움은 은빛 장관을 이룰 억새 군락의 아름다운 춤사위를 그려본다.

풀이면서 꽃이고 가늘지만 꼿꼿한 기상, 흐트러짐 없이 당당하고 품위 있는 억새의 기품있는 노년을 닮고 싶다. 해넘이의 장관을 볼 수는 없었지만, 비가 쏟아지기 전에 온 가족이 오름을 완주하였으니 감사한 오늘이다.

"할머니, 괜찮으세요? 어머님 참 대단하세요. 수고했어." 먼저 내려온 삼대의 따뜻한 맞이 인사가 행복한 웃음을 퍼 올린다. 빗길을 달리며 모두가 즐거운 표정이다. 자연과 함께, 가족과 함께한 잊지 못할 제주도 여행이다.

여름이 오면

여름이면 불볕더위와 짙푸르게 우거진 숲, 물놀이에 신바람이 난 아이들의 모습이 떠오른다. 옥수수와 감자의 구수한 냄새도, 원두막이나 시원한 나무 그늘에서 수박이며 참외를 나누면서 더위 사냥이 한창이었을 때도 여름이다.

여름이 오면 난 오밀조밀한 땀띠가 선을 보이기 시작한다. 그런 날이면 황금빛을 띤 보리밭, 그리고 불볕 쏟아지는 너른 마당에서 구슬 같은 땀을 뚝뚝 흘리며 도리깨질을 하는 타작마당 모녀의 모습이 어른거린다.

통통하고 야무지게 여문 보리가 익어가면 들판은 황금빛이다. 꼿꼿이 선 보릿대 위로 빼곡하게 열을 맞추어 들어선 이삭에, 까락을 깃발처럼 세운 여문 보리의 모습은 당당하고 멋진 사관생

도들의 사열을 보는 듯하다.

낫으로 베어 거둔 보리는 단으로 묶여서 소 질마에 실려 성큼성큼 타작마당으로 들어섰다. 품앗이로 타작을 하는 날이면 탈곡기로 할 수 없는 보리는 마당에 멍석을 깔고 뉘어놓은 돌절구에 내리치는 자리개질을 했다. 힘껏 내리칠 때마다 소나기처럼 쏟아지는 보리알들을 보면 재미도 나지만, 아찔하고 안쓰럽기도 하다. 보리알들은 대형 풍구 바람에 까락을 날리고 깔끔하게 몸단장을 시켜 토광에 퍼담았다가, 볕 좋은 날이면 멍석에서 바람도 쐬고, 고무래로 저어주고 채는 손길에 서로 어울리며 또랑또랑하게 윤이 났다.

덜 떨린 보릿대는 헛간에 쌓았다가 도리깨질을 해야 한다. 시조모님과 시모님을 모시고 대가족 바라지에 객지로 발령을 받으신 아버지를 따라갈 수도 없는 어머니는 일꾼의 손이 미치지 못하는 농사일을 감당하셔야 했다.

일요일이나 학교에서 일찍 오는 날은 보리타작을 하는 날이다. 어머니의 추임새에 맞춰 한바탕 도리깨질을 하고 나면 얼굴은 벌겋게 달아오르고 땀이 등줄기를 타고 흘러내렸다. 땀으로 범벅이 된 목이며 얼굴 온몸에는, 좁쌀알처럼 송골송골 땀띠가 나기 시작했다. 아무리 덥고 힘들어도 잘한다는 어머니의 칭찬에 힘이 나고, 차가운 우물물로 한바탕 목물을 하고 났을 때의 상쾌하고 시원함은 비길 데가 없었다.

씨눈이 쏙쏙 들어간 자주감자 껍질을 달창 숟가락으로 진력이 나게 긁어 벗겨야 했던 여름방학이 끝날 무렵이면 온몸에 난 가렵고 따끔거리는 땀띠가 보리알처럼 영글어갔다. 물을 끼얹고 땀띠 분을 톡톡 두드려주고 부채질로 살살 달래야 하는 땀띠를 한 번 긁기 시작하면, 피가 나도 손을 뗄 수가 없었다. '긁어 부스럼'이라고 했던가. 땀띠와 맞선 댓가는 혹독했다. 잔뜩 성이 난 땀띠는 통증과 함께 얼얼하고 화끈거리며 진물이 나고 엉겨 붙으며 기승을 했다. 그 고통을 어찌 말로 다 할 수가 있으랴!

아무리 힘들어도, 보듬는 사랑과 위로가 힘이 되는 가족이 함께하는 가정은 행복을 피워올린다. 일을 마친 저녁이면 너른 마당에 멍석을 깔고 온 가족이 콩국수와 오이냉국으로 더위를 쫓고, 손뼉을 치면서 반딧불을 쫓아다니며 웃음을 쏟아냈다. 멍석에 누워 바라본 하늘에는 은하수가 흐르고, 초롱초롱 빛나는 별들을 세다 잠이 들었던 아름다운 여름밤은, 동화 속 이야기가 된지 오래지만, 여름이면 꺼내 보는 재미가 아프고도 쏠쏠하다.

문명과 과학의 발달로 기계화된 농경 생활은 환경도 삶의 질도 도시 못지않게 풍요롭고 수월하게 되었다. TV나 그림, 영상으로 보는 농가의 풍경은 낭만적이고 아름답게만 보인다. 자연과 함께하며 건강을 되찾았다는 이들도, 전원생활을 선호하며, 귀농하는 젊은이들과 나나인들도 늘어가고 있다. 적성에 맞는 일을 하며 보람차게 살아가는 이들의 활기찬 모습은 행복하게만 보인다. 생명이 주는 신비가 삶을 풍요롭고 아름답게 하는 때문인가 보다.

창밖엔 조용히 솔비가 내린다. 목덜미가 가렵고 따끔하다. 어김없이 찾아온 땀띠들이 보내는 반갑지 않은 신호다. 불현듯 나보다도 훨씬 심한 고통을 당하시면서도 땀띠 분을 흠뻑 찍어 톡톡 두드려주며 안쓰러워하시던 어머니의 모습이 선연하게 떠오른다. 눈물이 핑 돈다. 그리운 내 어머니! 베이비파우더 통을 들고 서서 하염없이 빗줄기를 센다.

사랑의 선물

아침에 눈을 뜨면 가장 먼저 하는 건 양치질과 눈을 씻는 일이다. 입안이 쓰고 눈이 침침하니 저절로 세면대로 향하게 된다. 항상 나보다 일찍 일어나 기도를 하고, 따뜻한 물 한 컵을 챙겨주고 아침 운동을 나가는 남편에게 "고맙습니다."라는 첫인사로 나의 하루는 시작된다.

토마토와 양배추 브로콜리와 당근은 삶고 사과와 바나나를 함께 갈아서 해독 쥬스를 만든다. 이 쥬스는 남편이 두 번의 경동맥 수술을 한 2011년부터 시작한 나의 특별메뉴다. 채식을 주로 하는 식단은 준비과정이 분주하지만, 가족의 건강은 내 손안에 있다는 자부심에 영양을 생각하며 음식을 만드는 것이 즐겁고 행복하다. 상을 차리며 느끼는 기쁨은 사랑의 표현이다.

핵가족을 이루고 부부가 직장생활을 하는 요즈음은 가족의 생일이나 행사를 대체로 주말이나 공휴일을 택하고 쿠폰을 곁들인 축하 인사를 하게 된다. 그런데 일 년에 단 하루 내 생일날 아침만은 딸들이 정성껏 음식을 준비하고 공주처럼 우아하게 맛있게 드시기만 하면 된단다.

이번에는 먼 나라에서 살고 있는 셋째 딸이 4년 만에 특별휴가로 귀국을 했다. 엄마 생일상은 제가 차리겠단다. 시장을 보고 솜씨를 발휘하여 정갈하게 마련한 생일상은 터키의 전통적인 음식이라고 했다. 나도 모르게 "와! 일류호텔에 온 것만 같다"라는 말이 툭 튀어나왔다.

아홉 살 손자와 네 살 난 손녀의 재롱잔치가 분위기를 돋운다. 처음 본 바이올린이 신기하다고 이모에게 벼락치기로 배웠다는 손자의 바이올린연주에 장난감 마이크를 들고 '생일 축하합니다…♬♪'를 노래하는 손녀의 깜찍하고 귀여운 모습에 온 가족은 떠나갈듯한 박수갈채와 환호로 웃음꽃을 피웠다. 말도 생활환경도 다른 나라에서 공부하여 학위를 받고 오늘에 이르기까지 감내한 고생이 얼마나 버거웠을까. 사십이 넘어서 결혼을 하고 두 아이를 기르면서 겪었을 수많은 어려움을 호소하기는커녕 씩씩하고 당당하게만 보이려는 딸이 자랑스럽고 대견하기도 하지만 한편으로는 안쓰럽고 마음이 아리다.

엄마 아빠에게 아이들도 보여주고, 가족과 어울리며 짜고 맵고

칼칼한 한국 음식도 마음껏 먹고, 친구들과 수다도 떨고 싶었다는 딸이다. 아이들에게 한국을 기억할 수 있도록 여행과 놀이, 문화 체험으로 보내는 나날이 너무나 빠르게 느껴져 아쉽기만 하다. 귀국 날이 가까워지자 딸은 만류에도 불구하고 집 안 청소를 하기 시작했다. 쓸고 닦고 꼼꼼하게 말끔히 해 놓고는 엄마께 드리는 생일선물이라며 환하게 웃는다.

"힘들게 웬 대청소는 하느라고……" 목이 메이고 눈물이 핑 돌아 떨어졌다.

"엄마, 울어? 나 하나도 힘 안 들어. 나는 반짝반짝 빛이 나고 얼마나 좋은데 왜 그래!~~" 어미를 끌어안고 어르며 덩달아 울먹인다. 아이가 하나였을 때는 몰랐단다. 둘을 낳고 보니 엄마가 얼마나 힘들었을까 참 우리 엄마 대단하다는 생각이 들더란다. 인정 많고 여리지만, 강인한 성격은 홀로서기로 꿈을 이뤄낸 장한 딸이기에 많이 미안하고 고맙고 더 안쓰럽다.

휴가를 마치고 출국을 하는 날 이른 아침이다. 그동안 건강하게 잘 지냈는데 몸이 매우 힘들고 피로해 보인다. 막내딸과 인천공항까지 가서 배웅을 하고 돌아오면서 심란하다. 두 아이를 데리고 이스탄불에서 또 국내선으로 갈아타고 가려면 저 몸으로 얼마나 힘이 들까.

아침 준비를 위해 주방으로 나가니 환해진 공간에 딸의 모습이 어른거린다. 고달팠던 나의 삶은 친정집에 들어서면 긴장이 풀리고 늘어져서 먹는 것보다 눕는 것이 더 좋았다. 겨우 하룻밤을 자고 오는데도 편안하게 쉬고 먹고 자고 수다를 떨다가 그냥 오기가 일수였다. 그래도 부모님은 좋아하셨다. 부모 마음은 그런 것이었다. '그냥 그렇게 쉬었다가 가지~~.'

사위가 마중을 나오고 잘 도착했다는 딸의 밝은 목소리에 마음이 놓이니 머물다 간 아이들의 모습이 눈에 선하다. 우리말을 유창하게 따라 하며 재롱을 떨던 외손녀, 수영과 줄넘기며 바이올린을 배우며 좋아하던 외손자, 집안 가득히 널려있던 장난감이며 그림책들, 강아지까지 합세하여 정신 못 차리게 떠들썩했는데 빈 집처럼 썰렁하다. 한여름의 더위도 한풀 꺾이고, 청명한 하늘, 따가운 가을빛에 불어오는 소슬바람이 스산하게 느껴진다.

미사 가방을 열고 딸에게 받은 선물을 꺼내 본다. 고운 비단 조각 미사보 주머니와 탐스러운 장미가 수 놓인 하얀 미사보다. 선물로는 너무 작다고 그건 엄마가 사고 다른 것으로 하자는 딸에게 "선물은 받는 사람에게 필요하고 갖고 싶어 하는 것이 가장 좋은 거야. 아무리 비싼 것도 필요하지 않은 건 소용이 없어. 성당에 갈 때면 꼭 챙겨야 하고, 미사 때마다 머리에 쓰고 기도하면서 널 생각하게 될 텐데 그보다 더 값지고 귀한 선물이 어디 있느냐"는 긴 설명이 필요했다. 엄마가 해주는 건 다 맛있다면서 음식을 먹을 때마다 행복해하던 모습이 눈에 선하다. 외손주들과 함께했던 날들, 정성을 다해 생일상을 차려주고, 집 안을 청소하며, 어미를 위해 마련한 딸의 선물은 사랑 덩어리였다. 여행의 피로가 풀릴 새도 없이 또 얼마나 바쁠까.

강의하는 영상을 보여주며 "엄마, 내 강의를 듣는 학생들이 이렇게 많다고요~~"라고 나를 으쓱하게 하던 딸을 생각하며 항상 건강하고 감사하는 마음으로 기쁘고 행복하기를 바라는 간절함을 담아 기도 손을 모은다.

산막이 옛길

화창한 봄날 오후다. 딸의 제안으로 괴산에 있는 산막이옛길을 찾았다. 산이 장막처럼 둘러싸고 있어 막힌 곳으로 '산막이'라고 불렸다는 이곳은 괴산의 명소가 되어 교통도 편리하게 되었다. 십여 년 전 늦가을에 왔을 때 있던 작은 과수원과 전답은 대형버스 정류장과 소형 자동차 주차장으로 바뀌었고, 입구까지 오르는 길은 여느 관광지처럼 지역 특산물과 기념품 가게들이 줄지어 늘어섰다. 상점마다 맛을 보라면서 친절하게 내미는 시식용 특산물을 받아 음미하며 안내시설과 홍보 조형물들을 감상하는 재미도 쏠쏠하다.

숲길로 들어서니 찬 서리 내린 들녘에서 살짝 얼어 새파래진 애호박이며 선홍빛을 띠고 다닥다닥 열린 열매의 무게를 감당

못 하고, 축 늘어진 감나무 가지, 까치밥 인양 나뭇가지에 서너 개씩 남겨져 과수원을 지키던 빨개진 사과가 마음에 걸렸던 감성이 머리를 든다.

울창한 소나무 숲의 상큼하고 그윽한 향기가 온몸을 휩싸고 돈다. 풀꽃향을 싣고 불어오는 바람을 마음껏 들이켰다가 훅~ 내뿜는다. 속속들이 끼었던 묵은 찌꺼기들이 한꺼번에 다 씻겨나오는 듯한 기분이다. 함께 걷는 이들의 화기애애하고 활력 넘치는 모습들이 생동감을 더해준다. 잔잔한 호수를 바라보며 데크로 이어지는 둘레길은 소소하게 전해지는 이야깃거리도 많다. 연리지, 정자목, 노루샘, 앉은뱅이약수, 호랑이굴, 꾀꼬리전망대… 등, 붙여놓은 이름과 그럴듯한 이야기들이며 노래 글을 읽으면서 선부른 선비의 멋도 즐긴다.

소나무와 소나무 사이를 이어 설치된 출렁다리는 허술하게만 보여 불안하고 겁이 나서 망설였지만, 기회를 놓치고 싶지 않았다. 처음엔 잔뜩 긴장되어 다리가 출렁하면 어질하고 숨이 멎는 듯했는데 건너다보니 은근히 재미도 나고 성취감에 기분도 좋아진다. 다리가 출렁일 때마다 겁에 질려 난간을 붙잡고 멈춰서서 "엄마~~ 어떡해"를 연발하는 딸이 안쓰러워 양해를 구하는 남편의 배려가 잠시 사람들의 발길을 멈추게 한다. 사색이 되어 가슴을 쓸어내리며 '아이고~~ 무서워 달달 떨린다'라는 딸을 보며 출렁다리를 건널 때면 발을 구르며 재미있어했던 일들을 떠올리며 머쓱하고 미안하다.

데크로 이어진 길을 오르락내리락 사방을 둘러보며 여유롭게 걷는 길은 부담도 없고 풍광도 좋다. 산길과 시설물을 보수하고 정비하기 위한 공사를 하면서 임시로 물 위에 띄워 만들어놓은 다리도 일품이다. '흔들림이 심하니 사뿐히 밟고 가세요' 펼침막에 쓰인 애교 있는 문구가 정감 있고 마음에 쏙 든다. 유람선이 지나가며 일으키는 파문에 부교의 일렁임이 긴장감을 더하고 물 위를 걷는 듯한 기분도 색다른 즐거움이다.

40 고개의 데크 계단을 쉬엄쉬엄 오르다 가끔 허리를 펴고 멈춰서서 오던 길을 돌아본다. 호수를 끼고 굽이굽이 펼쳐지는 풍경도, 물 위에 뜬 푸른 빛 부교도 모두가 아름답고 멋지게만 보인다. 다래 동굴을 지나 앞장을 서는 남편을 따라 들어선 소나무 숲길은 천혜의 장소였다. 물과 바람, 울창한 숲 향을 품은 풍광은 쌓인 피로를 말끔히 풀어준다. 쉼터 바윗돌에 앉아 호수에 드리운 산 그림자를 바라보며 자연이 주는 신비에 몸과 마음을 씻고 맑아진 감성은 선비들의 시심을 불러일으킨다. 물처럼 바람처럼 향기로운 들꽃처럼.

가벼워진 마음으로 다시 산길을 걷는다. 질척하고 험한 산비탈 돌길이 걸음을 비틀거리게 한다. 양반길을 포기하고 유람선을 타려 했지만, 선착장 배편은 이미 끊어진 뒤였다. 해는 설핏하고 산길이든 신작로든 주차장까지는 두어 시간을 족히 걸어야 할 테니 참으로 난감하고 열없는 일이다. 해찰을 떨며 머물고 싶었던 마음은 오간 데 없고 덮쳐오는 불안감과 피로에 발걸음의 무게는 천근만근이다. 멈칫멈칫 지나가려던 승용차가 멈추었다.

"차를 태워드려도 될까요?" 부부가 차에서 내려 정중하게 말을 건넨다. 세상에 이럴 수가! 우린 "감사합니다"를 연발하며 차에 올랐다. 그들은 천안에서 왔다고 한다. 주일미사 참예를 하고 산행을 왔다 가는 길인데 할머니가 너무 힘들어 보여서 차를 멈췄다고 한다. "하느님께서 저희를 위해 두 분 천사를 보내셨나 봐요."라는 말이 저절로 튀어나왔다. 편안하게 담소를 나누며 차가 있는 정류장에 내려주고 가는 그들에게 고맙다는 인사만 거듭하고 주소도 전화번호도 챙기지 못한 우매함이 못내 아쉽기만 하다. 평생 그들의 고마움을 잊지 못할 산막이 옛길이다. 오롯이 손을 모으고 감사의 기도를 드린다. '항상 우리와 함께하시는 하느님, 감사합니다. 그들의 가정을 축복하시고 지켜주시며 저희도 그들처럼 사랑으로 베푸는 삶을 살게 하소서.'

목욕

몸이 으스스하고 나른하다. 이런 날은 따끈한 물에 몸을 푹 담그고 싶다. 서둘러 목욕 준비를 하고 집을 나섰다. 목욕탕은 붐비지도 않고 통마다 가득 찬 맑은 물이 넘쳐나고, 모락모락 김이 오르는 온탕에서 담소를 나누는 서너 명의 여인들 모습이 여유롭게 보인다. 따뜻한 물로 샤워를 하고 비누 거품을 내어 대충 몸을 씻고 머리도 감는다. 타월로 머리를 감싸고 온탕으로 들어가 몸을 푹 담그고 있노라니 온몸에 서렸던 한기가 바람을 일으키며 술술 쏟아져 나온다.

스르르 눈이 감긴다. '아! 시원하다.' 온 세상이 다 내 것인 양 마냥 편안하고 기분이 좋다. 문득 목욕탕에 함께 간 부자지간의 이야기가 떠오른다. 따끈한 탕 안에 들어가 앉아 '아이고, 시원하다.'라는 아버지의 말에 멋모르고 뛰어든 어린 아들이 '앗! 뜨거워, 세상에 믿을 사람 하나 없네'라고 소리치며 뛰쳐나갔다는 이야기 말이다. 그 아들도 아버지 나이가 되면 그 시원함을 실감하며 그렇게 말하겠지! 살포시 웃음이 번진다.

내가 처음으로 목욕탕에 간 건 중학교 일학년 겨울 방학을 충주 할아버지 댁에서 보냈을 때다. 이화여대생인 당고모를 따라간 목욕탕은 별천지였다. 남들 앞에서 옷을 벗어야 하는 난감함에 주눅이 들고, 탕마다 펑펑 쏟아지며 넘쳐흐르는 아까운 물, 실오라기 하나 걸치지 않고도 거리낌이 없는 사람들, 다른 사람의 맨몸을 본다는 것은 상상할 수도 없는 일이었다. 마음대로 물을 퍼서 끼얹으며 목욕을 즐기는 모습이 낯설고 신기했다. 오직 동네 한가운데 우물에서 길어온 물로 열 식구도 넘는 가족이 먹고 씻고 집 안 청소까지 하는 우리 집에선 상상도 못 해본 딴 세상이다. '물을 헤프게 쓰면 저승에 가서 그 물을 다 먹어야 한단다.' 하시던 할머니 말씀이 떠오른다.

설날이 가까우면 할머니는 길어온 물을 가마솥에 한가득 끓여 목욕물을 준비하시고는 부엌으로 우리를 부르셨다. 빗장으로 문을 잠그고 큰 자배기에 준비해 놓은 따끈한 물에 들어 앉혀 놓고는 물이 식을세라 서둘러 몸을 닦아주시며 "아이고, 이것 좀 봐라. 밀리는 때가 뚝다리 국수 가락 같다. 때가 한 말은 나오것네! 때 구정물이 걸어서 논밭에 거름하면 곡식이 잘 되겠다" 하시면서 익살스레 놀리셨다. 설 무렵 날씨는 왜 그리도 혹독하게 추웠는지 목욕을 하고 나면 입술이 새파래져 이를 딱딱 부딪치며 달달 떨면서도 마주 보며 키득키득 웃음이 터졌다. 맑은 물로 마무리를 하고 수건으로 몸을 감싸주시면 "아이 추워~~"를 연발하며 방으로 뛰어 들어가 아랫목에 깔아놓은 이불을 뒤집어썼다. 목욕을 시키니 딴 인물이 나고 아주 이뻐졌다면서 환하게 웃으시던 할머니! 어릴 적 목욕을 떠올리며 그리움도 한몫을 한다.

'목욕沐浴'은 머리를 감고 몸을 씻어 청결하게 한다는 뜻이며 건강과 미용, 질병 치료, 의식儀式의 수단으로 인식되었다. 신라의 시조 박혁거세 왕은 동천東泉에서 목욕을 시키자 몸에서 광채가 났다고 하며, 왕비 알영은 입술이 닭의 벼슬 같았는데 북천北川에서 목욕하고 완벽한 미인이 되었다는 기록이나, 강제로 목욕을 시키는 형벌, 목욕재계를 계율로 삼는 불교의 전례등은 신체의 청결이 몸과 마음에 미치는 영향을 다시금 생각하게 한다. 청결함은 상류층뿐만 아니라 모든 이가 선호하고 좋아하는 마음가짐이다.

세조의 피부병과 세종대왕의 눈병을 낫게 했다는 초정약수와 세조길의 목욕소 이야기는, 씻어내고 비움으로 정화되고 치유되는 진리를 깨닫게 한다. 제례나 치성, 모든 의식절차에도 가장 먼저 하는 건 목욕재계요, 건강과 아름다움을 위해서도 기본이 되는 건 목욕이다. 세상에 태어나서 가장 먼저 하는 것도 목욕이요,

일상생활에서도, 생을 마치는 순간까지도 빼놓을 수 없는 것이 목욕이다.

지그시 눈을 감고 일렁이는 잔물결에 몸을 맡긴다. 편안하고 꿈결 같은 시간이다. 몸도 마음도 신선이 된 기분이다. 옷깃을 여미고 누군가를 위해 정성을 모아 기도하고 싶어진다. 청결함이 주는 치유의 신비는 건강한 사고와 격의 없이 친근함을 갖게 하는 묘약이고 매력이다. 이 개운하고 산뜻한 기분을 어디다 비길 건가.

행복한 은빛 청춘

예술의 전당 소공연장에서 발표회가 있는 날이다. 화장을 곱게 하고 옷을 챙긴다. 하얀 바지와 목둘레에 진주빛 구슬을 네 줄로 장식한 코발트색 블라우스를 입고 거울을 본다. 깔끔하면서도 화사하고 예쁘다. '옷이 날개라더니!' 앞뒤로 비춰보며 기쁨이 차오른다. 얇은 천에 겉감은 깊은 주름을 잡아 넉넉하고, 7부 길이에 너른 소매가 편안하고 우아하다. 볼품없는 몸매도 아름답게 보인다. 살짝 들뜨고 설레는 마음으로 집을 나섰다.

막내딸의 차를 타고 이웃 아파트에 사는 단원과 함께 공연장에 도착했다. "공연 잘하고 오세요~~" 활짝 웃으며 응원하는 딸이 오늘따라 더 예쁘고 사랑스럽다. 공연장에는 '아름다운 은빛 청춘이여 빛나라!'라는 펼침막이 걸리고 진행을 위한 준비에 바쁜 관계자들과 단원들이 주고받는 인사가 정겹다. 말씨도 옷차림도 정말 할매 할배들 맞나 싶게 명랑하고 화려하다.

연습실로 들어갔다 복지관에서 가져온 악기를 챙기고 황금빛 반짝이 머플러를 꺼내서 멋스럽게 매고 앉아 음색을 맞추며 천천히 식전연습을 한다.

나의 악기는 크로마 하프다. 우리나라에는 1972년 9월 요들가수 김홍철씨가 일본 연주 여행시 가지고 와서 소개되었단다. 처음에는 노래와 멜로디의 반주악기로 화음을 연주하는 정도였으나 점차 그 주법이 발전되어 리듬과 멜로디를 연주하게 되었고 연주법도 세 개의 손가락을 사용하는 다양한 스타일을 구사하게 되었다고 한다.

처음 보는 악기였다. 복지관에서 준비한 악기를 받아 안고 코드를 짚어가며 연주법을 익히면서 저마다 지닌 음색이 어울리며 내는 아름다운 멜로디에 감성을 깨우고, 핑거피크로 익히는 스트러밍, S자 연주법은 신기하고도 재미가 났다. 악기를 연주할 수 있음이 꿈만 같았다. 중고품이지만 소리가 좋다는 강사님의 권유로 악기도 장만했다. 처음으로 가져보는 소중한 내 악기다. 허름한 케이스와 몸체는 수없이 긁히고 튕겨지고 눌렸던 고달픔을 고스란히 드러내고 있었다. 악기를 쓰다듬으며 멋진 연주를 해보자고 다짐을 했다.

화려한 드레스나 깔끔한 복장으로 악기를 안고 축하와 위문공연 무대에 서면 가슴이 두근거리고 표정도 마음가짐도 달라진다. 박수갈채를 받으며 무대를 오르내릴 때마다 느끼는 보람과 기쁨은 감사를 더 한다. 인생의 황혼기에 이보다 큰 기쁨과 행복이 또 있을까!

해마다 이어지는 청노 발표회는 우리들의 재롱(?)잔치다. 오늘의 연주곡은 '새색시 시집가네, 찔레꽃, 울고 넘는 박달재'다. 설레는 마음으로 들어선 공연장에 모인 할매, 할배들의 차림이 오색찬란하다. 국민의례와 관장님의 말씀, 간단한 개회사에 이어서 어린이집 아가들의 앙증맞고 깜찍한 특별공연이 시작되었다. 생글생글 웃어가며 살랑살랑 놀리는 고 귀엽고 예쁜 몸짓에 공연장은 환호의 도가니가 되었다. 입을 다물 수가 없다. 그냥 무대로 뛰어 올라가 덥석 끌어안고 뽀뽀를 날리고 싶은 충동을 어이할거나! 여기저기서 바쁘게 터지는 휴대폰의 섬광도 분위기를 돋운다.

짙은 화장으로 한껏 멋을 내고, 무대가 아니면 엄두도 못 낼 만큼 대담하고 화려한 단체복을 맞춰 입고 합창과 연주, 춤과 노래, 체조와 댄스…. 등 출연팀이 등장할 때마다 터져 나오는 박수갈채와 환성이 젊은이들 못지않다.

순번에 따라 눈부신 조명을 받으며 악기를 들고 무대로 나아갔다. 다리를 꼬고 앉아 보면대에 악보를 펼쳤다. 가슴이 뛴다. 코드를 짚어가며 현란한 S자와 스트러밍의 멋스러운 연주에 노래도 곁들였다. 사람들의 귀에 익은 노래는 듣는 이들을 흥겹게 하고 분위기를 들뜨게 한다. 좋아하는 것을 배우고 어울리며 즐기는 노년은 보람 있고 행복하다. 외롭고 슬프고 주눅 든 모습은 찾아볼 수가 없다. 서투르고 부족해도 허물이 없고 활기차고 당당한 모습들이 멋스럽다. 서로를 격려하고 칭찬하며 오가는 덕담이 한결같이 훈훈하다.

인생의 황혼은 외롭고 서글픔만 있는 것이 아니다. 구부정하고 기력이 떨어지는 노년이지만 마음가짐에 따라 달라지는 품격은 아름다운 삶의 기본이 된다. 활력과 생동감으로 지혜롭게 채워가는 노년은 즐겁고, 기쁨과 사랑이 넘친다. "아름다운 은빛 청춘이여 빛나라!" 우렁찬 할배, 할매들의 함성과 함께 활짝 웃음꽃이 피는 행복한 은빛 청춘이다.

돌탑 길 하루

날씨도 좋고, 휴일이니 바람도 쐬일 겸, 밖으로 나가자는 남편의 말이 반갑다. TV에 방영된 하동의 돌탑 길을 가보자고 한다. 구룡산도 힘들어하면서 해발 850m라고 하니 엄두가 나지 않았지만, 둘만의 오붓한 드라이브 기회를 놓치고 싶지 않았다. 창밖으로 보이는 초여름의 풍경은 속마음까지 산뜻하고 시원하게 한다. 차가 높은 곳까지 올라갈 수 있었으면 좋겠다.

TV로만 보았던 '智異山青鶴洞' 관문을 통과하면서 한번 와보고 싶던 곳이라 설렘도 기쁨도 한몫을 한다. 초가집 흙담, 산야초가 어우러진 작은 뜰, 아기자기 이어지는 골목길에 접어들면서 금방이라도 고의적삼에 머리를 땋은 동자들의 모습, 글 읽는 소리가 들릴 것만 같아 기웃거려진다. 예로부터 우리 민족의 예와 도를 행하며 정체성을 찾기 위해 홍익인간 이화세계를 실현하고자 수련하는 곳이다. 불현듯 도서관에서 아이들에게 서당에 간 모자와 발음이 새는 노老훈장님과의 이야기, 장난꾸러기 학동들의 익살을 실감나게 들려주었던 지난날들이 떠올라 살포시 웃음이 번진다.

목적지의 너른 주차장엔 차를 대기가 어려웠다. 오는 내내 길이 한산해서 우리뿐인가 했는데 참으로 놀라운 일이다. 하늘 높이 시원스럽게 설치된 기러기 솟대, 깃을 활짝 펼치고 식당과 선물의 집 건물을 품고 앉아 마중하는 대형 학의 모형, 층층 돌탑으로 이뤄진 거대한 담장들이 눈길을 끈다.

'선국'이라는 명패가 붙은 출입문 곁에 '마고성 삼성궁 가는 길'이라고 쓴 선돌을 지나 바위 사이를 끼고 돌며 울퉁불퉁한 돌길에 겁이 나서 주춤거리기도 한다. 웅장한 기암괴석과 석문들, 그곳에 새겨진 글과 그림, 심혈을 기울인 다양한 형상의 조각들은 신의 영역이라는 느낌이 들게 한다. 어디서 이렇게 크고 많은 돌과 절구, 맷돌, 다듬잇돌까지 구해다가 모아 쌓았을까.

검달(신령한 땅) 길을 따라 막힌 듯 트이며 끝없이 펼쳐지는 돌탑 성을 돌아드니 에메랄드빛 호수가 탄성을 터뜨리게 한다. 하얀 모래밭과 맑고 잔잔한 호수는 수줍은 새아씨인 양, 숨어 하늘을 담고 있었다. 아름다운 경관이 마음을 정화 시키고, 평화롭고 편안함으로 이어지는 풍광이 매력적이다. 아담한 정자와 돌담으로 둘러싸인 조화로움은 한 폭의 그림이다. 호수를 끼고 오르는 마고성에서 내려다보이는 제단과 호수의 비경은 신성함의 경지다.

삼성궁은 환인, 환웅, 단군을 모시는 배달겨레의 성전이고 동방 제1의 성지이며 고조선 시대의 소도(신성한 피난처)로 이 고장 출신 한풀 선사 강민주가 50여 년에 걸쳐 수련자들과 4만여 평이 넘는 땅에 청학선원, 삼성궁의 모든 도량을 혼자의 힘으로 복원하였다고 한다. 사람의 힘과 지혜만으로는 상상할 수 없는 대작들이 무려 1,500여 개나 된다고 했다.

"화가는 그림을 그리지만, 나는 삼일신고의 배달 선도문화를 계승하고 우리 민족의 뿌리와 정체성을 가르치기 위해 지리산 100만 평에 3,333개의 돌탑으로 정원을 만들고자 한다."라는 그의 열정과 힘은 도대체 어디서 나는 것일까. 혼신을 다하여 무거운 바윗돌을 옮기며 흘린 땀과 고통을 차곡차곡 쌓아 올리며 드렸을, 숭고한 기도와 끈질긴 도전이 경이롭고, 숙연해진다.

그는 말했다. "사람에게는 가장 무서운 기氣가 있습니다. '죽기 살기로'라는 기입니다." 과연 죽기 살기로 하면 못 이룰 것이 없으려나! 참 나를 찾기 위하여 심혈을 기울여 이뤄놓은 작품들과 그의 신앙심을 가늠하며 옮기는 발걸음에 힘을 싣는다.

삼성궁 끝자락 언덕 위에 오르니 상큼한 풀향기와 풍광에 상쾌함을 이루 말할 수가 없다. 땀을 들이며 "아, 참 좋다!"는 남편의 탄성과 밝은 표정에 살며시 손을 잡으며 "나도요!~~"라면서 환한 웃음으로 속내를 드러낸다. 그리 힘들지도 않고, 거뜬하게 좋은 곳에 잘 왔다 간다면서 뿌듯해하는 남편의 말에 퇴근만 하면 '나가야지!' 하고, 서둘러 앞장을 설 때마다 야속했던 마음이 살짝 미안하다.

종착지에 가까운 내리막길에서 허름한 도복 차림으로 날렵하게 오르는 이와 눈이 딱 마주치자 행여나 한풀 선사는 아닌가! 괜한 호기심에 한동안 눈길을 떼지 못한다. 사람마다 다른 꿈을 펼치며 살아가는 이들의 가치관과 다름이 주는 삶을 본다. 아무리 힘들어도 내가 좋아하는 일을 하며 느끼는 성취감은 행복하고 감사하기 마련이다. 저마다 다른 이상과 꿈을 실현하기 위하여 혼신을 다하는 이들의 위대한 삶은 세상을 아름답게 한다. 길을 걸으며 구비 마다 이어지는 각양각색의 작품들에서 느끼는 신앙과 삶을 묵상하며 내게 진정으로 중요한 것은 무엇이었나. 그리고 얼마나 노력했나. 깊은 생각에 잠겨 묵묵히 길을 따라 걸으며 한생을 돌아본다.

정자와 선돌들, 조각상으로 둘러싸인 식당의 너른 마당에 둘러친 그늘막에서 주문한 음식을 기다리며 담소를 나누는 가족들의 여유로움이 평화롭고 정겹다. 소박하고 행복해 보이는 그들의 모습이 참 보기 좋다. 어렵고 힘들 때마다 버팀목이 되어주고 보듬으며 서로에게 위로가 되는 그런 가정이 나는 좋다. 아무래도 나의 가장 좋은 몫은 평범하고 화목한 가정의 아내이고 엄마인가 보다. 간단하게 잔치국수 한 그릇으로 깔끔한 마무리를 하고 돌아오면서 쉬엄쉬엄 작품감상을 하며 함께 보낸 돌탑 길 하루가 감사한 오늘이다.

염색

거울 앞에 앉아 가만히 나를 들여다본다. 거슬리는 잔주름에 윤기 없는 피부, 힘 빠진 모양새가 초라하다. 얼굴엔 다문다문 수묵 매화 꽃잎, 신통하게도 줄을 맞춰 선 백발 숲길이 웃음을 펴 올린다. '가는 세월 가시로 막고 오는 백발 막대로 치렸더니 백발이 먼저 알고 지름길로 오더라'고 늙음을 한탄한 우탁의 시조가 떠오른다. 나이가 들면서 막을 수 없는 자연스러운 현상이지만 열흘이 멀다 하고 나오는 흰머리는 눈엣가시다.

인자한 지성과 품위를 갖춘 노년의 아름다움은 우아하고 존경스럽다. 주름진 얼굴에 번지는 부드러운 미소는 따뜻하고도 편안함을 주고 반백이 넘는 머리도 멋지게만 보였다. 그런데 흰머리가 늘어나면서 대하는 내 모습은 왜 추레하고 지저분하게만 느껴지는 걸까. 당연함보다는 거슬리고 서글프고, 검은 머리가 마음이 편한 걸 보면 노년의 품격을 갖추려면 한참 멀었나 보다.

염색 도구를 챙기고 튜브에 든 검은 색과 흰색 중화액을 짜서 섞어 젓는다. 어울림으로 결합 된 액체는 염색 효과와 가치를 더한다. 거울 앞에 섰다. 불현듯 처음으로 아버지의 머리를 염색해 드리던 날이 떠오른다. 어깨 보를 두르고 숱도 적은 힘없는 머리칼을 조금씩 젖혀가며 난 눈시울이 뜨거워졌다. 할머니 머리가 하얀 것은 당연하게 생각했는데 아버지의 흰 머리는 슬프고도 허전했다. 허허 웃으시며 나를 달래시던 아버지의 담담하신 표정은 서럽고 아프기만 했다. 아버지! 눈물이 핑 돌아 떨어진다. 머리를 감아 수건으로 물기를 털어 곱게 빗으시고 "어떠냐, 십 년은 젊어진 것 같지?" 만족하고 환한 표정을 지으시며 위로하시던 아버지의 딸 사랑이 그리운 날이다.

"검은 머리 파뿌리 되도록 해로하고 잘 살아라." 부모님의 덕담을 들으며 시집온 날이 엊그제 같은데 하나둘 나오던 흰머리가 이젠 걷잡을 수가 없다. 흰머리는 유전이나 스트레스, 병약함으로 올 수도 있지만, 노쇠하고 영양이 부족하게 되면 검은 색소인 멜라닌세포가 사멸함에 따라 자연적으로 단백질의 색깔인 흰색이 나오는 것이라니 염색이 아니면 도리가 없게 되었다.

감추어진 것은 드러나게 마련이라고 했다. 숨길 새도 없이 흰머리는 잘도 자란다. 열흘이 멀다 하고 본색을 드러내는 야속함에 깔끔하고 젊게 보이고 싶은 자존심(?)이 염색을 서두르게 한다. 때로는 귀찮고 부작용에 불편함을 겪으면서도 끈을 놓지 못하고 있는 이 어리석음을 어찌하랴! 숨기려 해도 마침내 밝혀지고야 마는 것이 흰 머리뿐일까. 가만히 자신을 들여다본다.

머릿결을 살살 제쳐가며 잘 섞인 검은 액체를 골고루 바른다. 겉모양보다 내면에 대한 나의 관심은 얼만큼일까. 인성과 품격의 성장을 위해 난 얼마나 노력하고 다듬어가고 있는가. 있는 그대로를 받아들일 수는 없는가. 염색약으로 시커멓게 덧칠한 모양새는 누가 볼까 무섭다. 축축하고 찐득하게 착 달라붙은 머리를 대강 일으키며 어설픈 웃음으로 씁쓸함을 달랜다.

헹궈 씻어내고 물기를 털 때의 개운함과 후련함, 십 년은 젊어진 듯한 검은 머릿결이 깔끔하고 마음에 든다. 거추장스럽고 귀찮아도 염색을 멈출 수 없는 이유다. 염색은 물들임이다. 내 인성도 믿음과 사랑, 포근하고 정감이 넘치는 우아한 품격으로 물들이고 싶다.

염색하지 않아도 단정하게 빗은 흰머리가 비단결보다 곱고 주름진 얼굴에 온화한 미소가 기쁨과 편안함을 주는 성품을 나는 언제나 갖추게 되려나.

연휴 2박 3일

속리산 숲 체험 마을에서 남편과 연휴를 보내기로 했다. 촉촉하게 내리는 이슬비에 물기를 머금은 나뭇잎들의 오색빛깔이 더욱 산뜻하고 아름답다. 속리산은 언제 와서 봐도 좋다. 비도 그치고 숙소에 들기 전에 세조길을 걷기로 했다. 물길 따라 열린 숲길의 풋풋한 향이며 맑은 물소리가 정겹고 오가는 젊은이들의 발걸음이 활기차다.

문득 동갑네들과 문장대에 올랐던 날들이 떠오른다. 눈 아래 펼쳐지는 천혜의 비경에 야호!를 외치고 기쁨은 온 세상을 다 얻은 듯했었지! 이젠 엄두도 못 낼 일이다. 세조길을 천천히 돌아 내려오는 데도 목에 두른 수건이 땀에 흠뻑 젖었으니 말이다. 딸들과 만나 점심은 능이 칼국수로 하고 숙소로 향했다. 딸들이 번

같아 오가며 함께 즐길 수 있는 이곳은 더없이 좋은 여행지다.

황토마을 은선대 너와집에 들어서니 구절초와 산국화가 은은한 향기로 마중을 한다. 앙증맞게 작은 그네가 동심을 불러일으키며 눈길을 끈다. 돌층계를 오르니, 자갈이 깔린 마당엔 작은 평상, 좁은 뜨락이며 댓돌, 쪽마루에 앉아 내려다보이는 풀밭에는 어린 황소가 한가로이 풀을 뜯고 있었다. 참으로 아름답고 평화로운 정경이다. 창호지 여닫이문을 열고 들어서니, 높은 천정과 향긋한 나무 향에 머리가 시원하다. 깊은 산속 자그마하고 아늑한 너와집이 낯설기도 하지만 마치 시골집에 온 듯 편안하고 좋다.

저녁 시간까지는 여유가 있어서 말티재 전망대에 다녀오기로 했다. 말티고개는 고려 태조가 법주사 행차를 위해 닦은 길이며 열두 굽이를 돌아야 넘는 높고 험한 고개다. 속리산 관문에서 전망대로 오르는 길은 어렵지 않았는데 전망대에서 내려다보이는 울창한 숲과 도로가 어우러진 풍광은 경탄과 두려움, 현기증을 동반했다. 바라만 봐도 까마득하고, 험준한 이 길을 걸어서 오르내렸을 아득한 옛날을 생각하니 문명의 혜택을 누리는 삶이 감사하다.

딸들과 진한 대추차를 마시고 격의 없는 대화로 웃음꽃을 피우며 산책길에 나섰다. 신선한 숲향, 맑은 기운에 몸도 마음도 가뿐하다. 쌈밥 뷔페로 깔끔하고 맛깔스러운 식사를 마치고, 호랑이 순환차로 숙소를 돌며 바라보는 현란한 야경은 동화 나라가 무색하다. 숙소에 내려주며 '봉황이 알을 품은 형국인 명당'이니 기를 많이 받고 가시라는 기사님의 덕담이 기분 좋다.

늦은 저녁부터 시작된 비는 밤이 새도록 그칠 줄을 모른다. 계곡의 물소리 빗소리가 자장가처럼 들린다. 피곤함도 있지만 편안하게 꿀잠으로 개운한 아침을 맞은 건 명당의 기운을 듬뿍 받은 덕분인가보다

비 온 뒤 기온이 뚝 떨어진 초가을 아침은 싸늘하지만 신선하고 산뜻하다. 옷깃을 여미고 집을 나섰다. 계곡의 돌층층대를 따라 경쾌하게 쏟아져 내리는 새하얀 레이스 물살이 왈츠를 추는 무희를 연상케 한다. 조식 후 백호랑이를 타고 산길을 달리는 재미도 일품이다. 연휴가 월요일까지여서 화요일이 대체휴일이라 가게마다 문을 닫은 거리는 허허롭고 삭막하기 이를 데 없다.

또 세조길을 걷기로 했다. 밤새 빗물로 불어난 골짜기를 숨 가쁘게 내달리는 물길이 시원스럽다. 저수지 둑을 넘쳐 쏟아지는 새하얀 물벽도, 폭포의 힘찬 모습도 장관이다. 세찬 바람에 후두둑 떨어지는 토종밤을 한 움큼 주워 주머니에 넣고 뿌듯하다. 문이 열린 카페에서 빵을 주문하고 굽는 동안 안쪽으로 들어서니 깔끔한 정원과 산 아래로 펼쳐진 연못에 황금빛 연잎들이 눈길을 끈다. 가을빛에 여무는 여유로운 쉼이 그지없이 편안해 보인다.

어디로 갈까. 꼬부랑길을 걸어보자고 했다. 주머니에 든 밤을 꺼내 다람쥐도 던져주고, 오드득 깨물어 갈증도 풀어본다. 세 번을 치면 소원을 이룬다는 큰 목탁도 번갈아 힘껏 쳐본다. 갈수록 사람도 동네도 없다. 해는 기울고 불안하고 멀고 긴 길이 지루하다. 꼬부랑길 끝자락은 험한 내리막 돌길이다. 다리가 달달 떨린다. 드디어 꼬부랑길 20,700보, 함께라서 해낸 완주다. 별빛 내리는 저녁, 둘이는 손을 잡고 숙소로 향하면서 참 대단하다고 수고했다고 서로에게 칭찬도 아끼지 않는다. 숙소에 돌아와서 빵을 꺼내 펼쳐놓고 앉아 시장이 반찬이라면서 마주 보고 웃는다. 웃을 수 있으니 행복한 것 아닌가.

집으로 가는 날이다. 솔향공원과 소나무전시관, 식물원을 관람하고 점심은 맛집으로 정했다. "운전은 내가 했으니 점심은 당신이 내시지." 미소를 머금고 건네는 남편의 주문이다. 정갈한 음식, 겸손하고 다감한 봉사에 기분도 좋다. 식물원 분위기로 꾸며진 공간으로 나와 따끈한 찻잔을 마주하고 "이런 게 사는 재미지" 속삭이듯 부드러운 남편의 목소리가 정겹다. 일상에서 벗어나 자연과 함께 한 연휴 2박 3일은 심신을 단련하고 여유를 즐긴 값진 보약이었다. 이런 기분이면 문장대도 거뜬히 오를 수 있을 것만 같다.

제3부
노년을 보내며

주님, 자비를 베푸소서.

나누고 비우고 사랑하며 아름다운 마무리를 하고 싶은 노년입니다. 겸손함으로 믿음을 더하고 주님의 말씀을 따라 행하는 기쁨으로 지혜롭게 하소서.

- <노년을 보내며> 중에서

대추

수국동산

소나무

노년을 보내며

가을 문학기행

살구

다육이

마로니에

고구마

추석 이야기

대추

정월 열나흗날이다. 오늘은 예로부터 일도 많이 하고 오곡밥과 묵나물 반찬을 푸짐하게 하여 나눠 먹으며 즐기는 아름다운 풍습이 있는 날이다. 농사일이 시작되는 절기이니 건강과 풍년을 기원하며 두레와 품앗이로 어울리는 훈훈하고 정겨운 농촌의 모습은 한솥밥 사랑이고 농경시대의 미덕이다.

농촌은 아니지만, 오늘 같은 날은 별미로 오곡밥과 나물 반찬을 준비한다. 팥을 삶고 알맞게 말린 발그레 주름진 대추도 꺼내 연한 소금물에 살살 비벼 씻으며 웃음이 고인다. 대추를 보고 안 먹으면 늙는다고도 하고 대추 씨를 물고 십 리 길을 간다는 말이 생각나 씨를 발라 입에 물고 달달한 맛을 즐긴다. 심심하지도 않고 기분도 좋다.

대추를 보면 고향 생각이 난다. 마을로 들어서면 우리 밭 아래로 난 대추나무길을 지나야 한다. 뒤늦게 잎을 틔우고 볼품없는 작은 꽃을 피우지만, 조롱조롱 맺은 열매가 날이 갈수록 몸을 불리며 탱탱하고 빨갛게 익어갈 때면 침을 꼴깍 삼키며 대추 터는 날을 기다렸다.

대추를 터는 날은 대추잔칫날이다. 나무 밑으로 서너 개의 멍석이 펼쳐지고 동네 아이들은 종다래끼며 바가지를 들고 모여들었다. 긴 장대로 나뭇가지를 칠 때마다 "와아!~~" 환호성이 터진다. 떨어지는 대추에는 머리를 맞아도 싱글벙글이다. 대추를 줍는 아이들은 수없이 허리를 굽히고 예를 갖추며 하나같이 겸손한 자세가 된다. 잔가지를 휘청이며 바라보는 어미나무는 당당해 보이기도 하고 품격있는 훈장님처럼 느껴지기도 한다.

반들반들 윤이 나는 탱탱한 선홍빛 왕대추를 한입 딱! 깨물면 고 빠삭하고 상큼 달콤한 맛은 비길 데가 없었다. 대추 바가지를 들고 심부름 갈 때면 신바람이 나고 어깨가 으쓱했다. 대추나무 덕분이다.

대추꽃말은 '처음 만남'이고, 대추는 장수와 다복 다산의 의미가 있다. 붉은 빛깔은 강한 생명력, 영원한 청춘을 상징하므로, 작아도 임금님께 진상되는 첫 번째 과일이 되었고, 관혼상제에도 빠뜨리지 않는 대접을 받나 보다.

문득 할머님의 환갑잔칫날, 상차림 맨 앞줄에 원통 모양으로 한 자가 넘게 괴어 놓였던 대추 생각이 난다. 자손들이 드리는 감사와 축하의 큰절에 더욱 빨개진 듯한 대추는 품위 있고 인자하신 할머님처럼 우아하고 아름다웠다.

대추는 소화 기능을 도와 순환기 계통, 뇌혈관질환과 항균 작용, 진해제, 강장제로 간을 튼튼하게 하며, 불면증과 스트레스에도 효능이 있다. 알맞게 말린 대추의 쫀득하고 찰진 맛은 곶감 못지않다. 추운 겨울날, 계피, 생강을 넣고 진하게 끓인 대추차 한 잔은 훈훈하고 편안함을 주는 명약이다. 그래서 대추 한 개가 속을 풀어주는 해장국, 대추 세 개로 점심 요기한다는 속담이 생겼나 보다.

여기저기 빚이 많을 때 대추나무에 연 걸리듯 했다든가, 작고 보잘것없는 물건을 가리킬 때 콧구멍에 낀 대추 씨라는 말도 하지만, 야무지고 단단하여 빈틈없는 사람을 칭할 때도, 목탁이나 떡메, 불상, 도장 등. 쓰임새도 많다.

'대추' 하면 보은이나 경산을 떠올린다. 대추 축제에 가면 비닐하우스 재배로, 품종개량으로, 맛과 크기, 모양도 다양한 대추들을 구경하며 좋은 대추를 얼마든지 사고 맛볼 수도 있다. 그런데도 우리 밭둑에 가지를 활짝 펴고 줄지어 선 훤칠한 그 대추나무들이 눈에 선해지고 보고 싶은 건 무슨 까닭인가.

여분의 대추를 접시에 담아 식탁에 올려놓았다. 숙성된 내면이 표출된 진홍빛 고운 주름도 멋지고 정감 있다. 따뜻하고 편안함을 주는 대추처럼 노년의 아름다움을 채우고 싶은 간절함에 목이 마르다.

대추와 삶은 팥, 밤과 오곡을 넣어 밥을 안치고, 삶고 불려놓은 나물들을 들기름에 볶고 맛깔나게 무쳐 푸짐하게 담아놓았다. 풍성한 저녁 식탁에 둘러앉은 가족들의 환한 얼굴을 떠올리며 뿌듯하다. 후식으로 계피와 생강을 넣고 진하게 달인 대추차에 잣 띄우고 꿀 한 술 넣어 내놓을 참이다.

작은 기쁨이 행복의 나래를 펴고 기다리는 마음에 성급한 보름달이 뜬다.

수국 동산

녹음이 짙어지는 초여름이다. 동생에게 미동산 수목원으로 바람 쐬러 가자고 전화를 했다. 미동산 수목원은 물길을 따라 풍광을 즐기며 걷기에도 부담이 없어 자주 가는 편이다. 데크로 이어진 편안한 오솔길, 메타세쿼이아가 줄지어 서 있는 그 길은 남편이 가장 좋아하는 곳이다.

등산로를 한 바퀴 돌아 내려올 때면 흐르는 땀을 식히며 상쾌한 기분에 웃음을 펴 올리던 때가 엊그제 같은데 힘들어하는 동생이 안쓰럽고 마음이 아프다. 아무래도 메타세쿼이아 길까지 가는 건 무리인 것 같다. 다리를 건너 유전자 보존원 쪽으로 내려왔다. 기력도 떨어지고 먹고 싶은 것도 없다니 걱정이 태산이다. 남편은 맛집에 가서 점심을 먹고 경관이 좋은 찻집에 가서 쉬어가자고 했다. 신선한 채소와 구수한 된장 보리밥, 동생이 좋아하는 간장게장으로 입맛을 돋우고 영산홍이 한창일 때 다녀왔던 찻집으로 갔다.

창이 너른 자리에 앉아 사방을 둘러보며 참 좋다면서 동생 내외의 얼굴이 밝아졌다. 다과를 주문하고 담소를 나누며 편안한 분위기가 즐거움을 더한다. 걸을 수 있겠느냐고 살며시 묻는다. 당연하다는 선선한 대답이 반갑다. 산책길로 나서니 소나무를 비롯하여 수형을 갖춘 다양한 수목들, 백자색, 청남색, 붉은색 파란색으로 꽃을 피운 수국이 황홀경에 빠지게 한다. 수국 동산이다. 탄성이 절로 터진다. 동산 오솔길을 걷다가 쉼터에 앉아 쉬기도 하고 수국처럼 환하게 웃음꽃을 피운다.

"가까운 곳에 이렇게 좋은 곳이 있는지 몰랐네. 세상에 꽃을 싫어하는 사람은 없을 거야!" 동생의 말에 맞장구를 치며, 친구의 수국꽃다발 사연을 들려준다.

'40여 년을 부부로 살아오면서 시도 때도 없이 생일날 장미꽃 한 송이를 받고 싶다고 해도 들은 척도 않던 남편이 45년 만에 "여보 생일 축하해요. 꽃 사발 받으시구려" 신문지로 두툼하게 감싼 것을 내밀며 받으라고 해서 펴 보았더니 글쎄, 사발만큼 커다란 연분홍빛 수국 다섯 송이더래. 얼마나 좋았던지 800송이도 넘는 작은 꽃송이를 손주들과 세면서 시간 가는 줄을 몰랐단다.' 생일날 800송이가 넘는 꽃다발을 받은 사람은 나 뿐일거라고 하던 순수하고 소박한 수국꽃 사랑 이야기를 하며 재미가 난다.

수많은 송이가 모여 하나를 이루는 수국의 둥글고 풍성함과 비단으로 수를 놓은 듯 우아하고 화려한 자태는 결혼식 신부의 부케로도 손색이 없다. 토양과 피는 시기에 따라 달라지는 꽃 색의 매력 또한 일품이다. 꽃말은 진실한 사랑, 변하기 쉬운 마음이란다. 색깔 때문인가보다. 색깔에 따라 꽃말도 다양하지만 나는 진실한 사랑을 택하고 싶다. 작은 꽃송이들이 모여 하나가 되는 것도 좋다.

짙푸른 잎새 위로 살짝 얼굴을 내민 산수국이 산뜻하다. 오밀조밀한 꽃봉오리 둘레로 활짝 핀 꽃들의 어울림이 정겹다.

산수국은 사포닌, 게르마늄, 알카로이드 성분이 있어 항암이나 뇌 질환, 심장질환, 항균에 탁월한 효능이 있고, 종자에서 추출한 첨가물은 설탕의 100배가 되는 무가당 천연 감미료로 밀원이 되며, 이슬차, 감로차로 쓰인단다. 생명을 가진 모든 것은 아름답고 신비하다. 눈에 보이지 않지만, 내면에 흐르는 선함은 서로를 이롭게 하며 감사하게 한다. 미동산 수목원을 나서면서 무거웠던 마음은 기쁨으로 충만하게 되었다. “좋은 곳에 가서 잘 먹고, 좋은 꽃구경도 시켜주시고 감사합니다. 항상 건강하세요.”

차에서 내리면서 하는 동생 부부의 인사다. 서로의 건강을 염려하는 건 나이가 들수록 더 간절하다. 손사래를 보내는 남편의 흐뭇한 표정이 오늘따라 더 푸근하고 정겹게 느껴진다. “여보, 고마워요.” 살며시 남편의 손을 잡고 마음을 전한다. 마주 보며 짓는 환한 미소가 핑크빛 수국을 닮아간다.

소나무

날씨도 좋고 심심하신데 산막이옛길에 다녀오자는 딸의 제안이 반갑기도 하지만 몸이 힘들어 가까운 청남대가 어떠냐고 넌지시 물어본다. 다 안 가본 곳이라 좋단다. 청남대로 향하면서 공기도 맑고, 길도 예쁘고, 경치도 좋다면서 만족해하는 딸의 말에 미안했던 마음은 고마움으로 자리바꿈을 했다.

붐비지도 않고 청량한 숲의 향기가 나른하고 피곤했던 속마음까지 말끔하게 씻어낸다. 서두름 없이 정담을 나누며 산책을 즐긴다. 소슬한 바람이 초가을의 상큼함을 더해준다. 오각정에 올라 내려다보이는 대청호의 맑고 푸른 물길이 그림같이 아름답다. 바라보고만 있어도 편안하고 행복한 시간이다.

호숫가 벼랑에 선 저 소나무는 이곳에서 얼마나 살았을까. 아름드리가 아니어도 거북 등 같은 껍질을 보면 모진 비바람에 가지가 꺾이고 혹한에 떨며 지낸 세월이 수십 년을 족히 넘었을 것만 같다. 훤칠한 키가 시원스럽고 휘어 늘어진 잔가지들의 성긴 자태가 여유롭고 멋스럽다. 호수를 넘나들며 퍼지는 산뜻하고, 그윽한 숲 향이 나를 취하고 반하게 한다.

돌무더기나 바위틈에서도 한 줌 햇살에 싹을 틔우고, 생명의 신비를 감탄하게 하는 늘 푸른 소나무의 강인함을 닮고 싶다. 솔잎을 살짝 뽑아 들고 피로할 때 좋다면서 딸에게도 건넨다. 쌉싸래하니 향긋하고, 떫고도 달큼함이 마치 한생의 희로애락이 응축되어 담긴 듯 깊은 맛이다.

우리나라를 상징하는 바늘잎 큰키나무는 줄기의 위쪽 겉껍질이 적갈색이고 아래쪽은 암적색, 잎은 바늘 모양으로 2장씩 뭉쳐 나오고 2년이 지나면 떨어진단다. 단풍과는 달리 현란하지 않고, 소리 없이 떨어져 내리는 솔잎을 보면 늦가을의 정취에 흠뻑 젖어 깊은 사색에 빠져들게 한다. 내어주고 얻는 자연의 섭리, 삶과 죽음, 그리고 나…….

소나무의 꽃말은 변치 않음이다. 장수함, 선비의 절개, 왕의 위엄과 권위를 표상하기도 하지만, 잡귀와 부정을 막는 의미로, 출산이나 장을 담글 때 치는 금줄에도 빠지지 않는 건 솔가지다. 척박한 땅에서도 견디지만, 비옥하고 토심이 깊은 곳에서 잘 자라며, 가지는 연한 녹색을 띠면서 잘 비틀리지 않고, 겨울철에 발달

하는 눈에 수지가 없는 것이 특징이라고 했다.

바람에 의해 수분이 이루어지는 풍매화로 수꽃에서 날리는 꽃가루가 위쪽에 핀 암꽃에 붙게 되면 솔방울을 맺어 이듬해 9-10월에 황갈색으로 익는 소나무는 한 나무에서 사랑을 꽃피워 열매를 맺으니 금실이 좋은 부부의 진수眞髓라는 생각이 든다.

'추석' 하면 가장 먼저 떠오르는 건 송편이다. 송편은 큰 가마솥에 툭툭 쳐온 청솔가지로 겅그레를 하고 베 보자기 위에 솔잎을 깔아, 풋콩이나 햇밤, 녹두 고물을 넣고 반달 모양으로 빚어 가지런히 얹어 쪘다. 솔솔 김이 오르는 가마솥 뚜껑을 열면 구름처럼 피어오르는 뽀얀 김을 타고 퍼지는 솔향과 구수함에 침이 꼴깍 넘어간다. 추석이면 장만하는 쫀득한 송편, 소나무 꽃가루에 꿀을 넣어 다식판에 찍어낸 송화다식을 나는 좋아했다.

소나무에서 흘러내려 뭉친 송진이나 보드레한 속껍질의 쌉싸래하고 달콤한 맛, 솔방울 갈피 속에 얇고 투명한 날개를 달고 숨어있는 씨앗을 찾아 먹던 이야기도 한다. 딸은 외갓집 뒷동산에서 밤이랑 솔방울을 줍던 일, 쇠죽솥 아궁이에서 타는 마른 솔잎이나 솔방울은 냄새도 좋고 불빛도 예쁜데 청솔가지는 왜 그렇게 시꺼멓고 매운 연기를 내뿜는지 눈물이 나고 겁이 났다는 이야기로 한바탕 웃음을 터뜨린다. 모녀는 시간여행에 재미가 쏠쏠하다.

오래된 소나무는 마을의 안정과 평화를 기원하는 토속 신앙이

나 천연기념물로도 각별한 보호를 받는다. “가마에 연이 걸린다.” 라는 소리에 가지를 번쩍 들어 올려 품계를 받았다는 속리산 정이품송 이야기는 모르는 이가 없을 정도다. 식품, 약재, 관재, 펄프의 원료가 되기도 하고, 줄기에 붉은빛을 띤 적송, 바닷가에 검은색 줄기의 해송(곰솔), 소반을 닮았다는 반송, 줄기가 곧바르고 마디가 길고 붉어 아름다운 금강소나무(춘향목)…… 등, 소나무에는 사연도 종류도 쓰임새도 많다. 아름다운 모습은 정원수, 경관수로, 향긋한 향기는 피로에 지친 심신을 맑고 편안하게 한다. 말은 없어도 항상 마음을 쓰고 함께 해주는 둘째 딸의 고운 심성은 소나무의 품성을 닮았다.

바람결에 가지를 흔들며 배웅하는 소나무처럼 내 마음도 솔향을 닮아간다. “참 좋다. 우리 딸 덕분에 오늘 또 잘 보냈네. 고마워~~” 살며시 딸의 손을 잡고 고백을 한다. 엄마만 좋으면 난 행복하다는 딸의 말이 기쁨을 더한다.

하늘은 높고 청량하다. 손을 맞잡고 내딛는 발걸음에 즐거움이 넘친다.

노년을 보내며

'나는 신앙인으로서 어떤 노년의 삶을 살고 있나?'

차분히 주님 앞에 앉아 생각에 잠깁니다. 때로는 어렵고 힘들었던 날들도 있었지만, 늘그막까지 삶의 자락마다 함께해주시어 한생을 잘살고 있으니 감사합니다. 신앙생활을 하면서 보람차고 행복했던 나날들, 봉사와 취미생활로 즐거웠던 지난날들은 모두가 축복이고 은총이었습니다.

불현듯 사람들은 나를 어떻게 생각할까. 궁금합니다. 때마침 들어오는 손녀에게 묻습니다. 할머니를 보면 먼저 생각나는 게 무어냐고요. 서슴없이 "밥 먹으라는 말이요!"랍니다. 웃음이 탁 터집니다. 저는 '할머니!' 하면 인자하고 온화한 미소, 짧지만 재미난 옛날이야기를 자주 들려주시던 모습이 떠올라 편안하고 기분이 좋습니다. 저도 그런 할머니였으면 싶었습니다.

프란치스코 교황님은 '노인들은 하느님의 구원계획안에 어떤 것으로도 대체 불가능한 신앙 안에서 아이들과 젊은이들을 교육하는 데 꼭 필요한 연결고리이며, 복음화 사업의 핵심 인물'이라고 하십니다. 나의 노년은 좋은 몫으로 주신 신앙 안에서 사랑의 연결고리 역할을 잘하고 있나. 성마름으로 누군가의 마음을 다치게 하진 않았을까! 성찰하며 부족한 자신을 다독입니다.

손자가 오면 같이 하려고 했던 '할머니 할아버지가 전해주는 예수님 이야기' 그림책을 꺼내 봅니다. 손자와 머리를 맞대고 그림에 색칠도 하고 스티커를 붙이며 재미있게 문제도 풀어보는 모습을 그려봅니다. 하나씩 완성되는 그림을 보며 자랑스럽게 엄지척! 하는 어린 손자의 해맑은 얼굴이 아른거립니다. 보고 싶습니다. 하루속히 코로나19와 변이 바이러스 감염으로 고통받는 이들이 건강을 되찾고, 단절된 만남이 회복되어 마음 놓고 자유롭게 오가며 일상생활을 할 수 있는 날이 왔으면 참 좋겠습니다.

주님, 자비를 베푸소서.

나누고 비우고 사랑하며 아름다운 마무리를 하고 싶은 노년입니다. 겸손함으로 믿음을 더하고 주님의 말씀을 따라 행하는 기쁨으로 지혜롭게 하소서.

'제가 당신께 노래할 때 제 입술이 기뻐 뛰고, 당신께서 구하신 제 영혼도 그리 하리이다.'(시편 71편 23절) 아멘.

가을 문학기행

산과 들을 곱게 물들이고 농익어가는 열매들이 풍요로운 시월이다. 수필반에서 청안 한운사기념관과 삼기 저수지로 문학기행을 가는 날이다. 청안에서 나고 자라 직장생활도 그곳에서 했다는 문우의 차에 다섯 명이 동승을 했다.

'한운사기념관'이라고 쓴 큰 선돌 앞에 차를 세우고 안내에 따라 기념관으로 들어서니, 기념관 건물 사이로 용틀임을 하며 하늘을 향해 뻗어 올라간 적송이 눈길을 끈다. 비상하는 인간의 심리를 알아차린 무언의 표상인가. '뿌리 없는 사람은 없습니다. 뿌리 없는 나무도 없습니다. 사람과 나무가 하나 되듯이 모두가 하나 되는 구름다리가 되어주소서.' 한운사 나무의 시문을 천천히 읽으며 시인의 간절함을 마음에 새긴다.

한운사 님은 한국의 문학과 방송에 커다란 업적을 남긴 시인이며 극작가다. 그분의 행적이 전시된 수많은 발자취를 통하여 만나는 작품세계는 경탄을 금할 수가 없었다. 글은 곧 그의 삶이었다. 문학관을 답사할 때마다 작가님들의 업적을 감탄하며 열정도 없이 부러움만 큰 나를 돌아본다. 착잡하다.

청안초등학교 운동장에 우뚝 선 은행나무는 950여 년이 넘은 천연기념물 165호다. 연륜만큼이나 기품있고 멋진 수형, 노랗게 물든 우아한 모습이 아름답기 그지없다. 소슬바람을 타고 샛노란 은행잎이 어깨로 살포시 내려앉는다. 나랑 친구가 되고 싶었나 보다. 땅으로 떨어질세라 얼른 받아들고 천진한 어린애처럼 까르르 웃는다. 가을빛에 물든 고운 잎이 참 예쁘다.

좌구산은 증평 4경에 속하며, 삼기 저수지 등잔길 수변 데크길은 3㎞라고 했다. 과거를 보러 간 선비를 기다리며 등잔불을 밝혀 들고 3년 밤을 기다리던 처녀가 그대로 망부석이 되어버린 이 길을 등잔길이라고 한다는 눈물겨운 짝사랑 전설이 가슴 아프다. 호젓한 등잔길에서 바라보는 너른 저수지는 이를 아는지 모르는지 울긋불긋 물든 그림자를 품고 담담하기만 하다.

햇살을 받아 바람에 일렁이는 물결은 은구슬을 뿌려 놓은 듯 신비롭고, 무아경에 빠진 난 백조의 호수를 연상하며 풍광을 즐긴다. 다양한 조형물들을 감상하며 여유롭게 쉬엄쉬엄 가는 길이 편안하다. 책상 위에 책을 펼쳐놓고 단정히 앉아 있는 선비조형물 앞에 무릎을 꿇고 머리를 숙여 예를 드리고 있는 작가님이 발길을 멈추게 했다. 두 분은 무슨 말을 주고받고 있는 것일까. 머무는 눈길 아랑곳없이 담담하고 겸손한 그 모습이 존경스럽다.

선비 조형은 조선 시대 시인이며 다독의 독서왕 백곡 김득신님이시다. 그분은 어린 시절부터 우둔하다는 놀림을 받았지만 끈질긴 집념과 열정으로 39세에 진사가 되고 59세에 증광문과에 급제한 조선 중기의 대표적인 문학가로 유명한 분이다.

그는 중국 상나라 때의 충신 이야기인 백이전을 11만 3천번을 읽었어도 말고삐를 끌던 하인조차 줄줄 외는 구절도 기억하지 못했으며, 1만번 이상 읽은 책도 36편이라고 했다. 문득 등잔길의 유래가 김득신의 이야기는 아닐까! 일찍이 등과하였다면 그들이 부부가 되었을까? 일편단심으로 품은 뜻을 향한 눈물겨운 인고와 굽힐 줄 모르는 그들의 열정에 가슴이 뭉클하다. '스스로 한계짓지 말고 결연한 의지와 결단으로 잡은 끈을 놓지 마라.' 하신 그분의 말씀을 되새기며 새로운 다짐으로 마음을 다독인다.

단풍이 고운 고즈넉한 찻집 정원에서 산책을 마친 문우들이 둘러앉았다. 찻잔을 앞에 놓고 주인장이 들려주는 색소폰의 음률에 빨려든다. 시가 낭송되고, 아름다운 자연을 노래하며, 가슴마다 시어들이 나래를 펴는 마무리가 멋진 수필반 가을 문학기행이다.

살구

식탁 위에 놓인 투명한 비닐봉지에 붉은 기가 살짝 도는 주황빛 열매가 눈길을 끈다. 살구다. 반가움에 얼른 한 알을 꺼내 들었다. 상큼하고 달콤한 향기에 군침이 서둘러 마중을 한다. 살짝 쪼개 들고 함박웃음이 번진다. 고등색 씨알을 머금은 부드러운 황금빛 과육이 어찌나 고운지 환성이 절로 터진다. 씨를 내어준 과육에는 실금으로 그려진 정교한 문양이 신비하고 아름답다. 생명줄이다. 야무지게 생명의 씨를 감싸고 보듬어 키워온 사랑의 노래가 은은하고 감미롭게 들리는 듯하다.

살구를 보니 어릴 적 아랫집 할머니 생각이 난다. 초여름이 무르익어 갈 무렵이면 탐스럽고 먹음직하게 잘 익은 떡살구를 큼지막한 바가지에 담아 들고 담 너머서 나를 부르셨다. 살구 바가지를 받아들고 좋아서 어쩔 줄 모르는 내게 '어여 가져가서 노나 먹으렴' 환하게 웃으며 손사래를 보내시던 분, 엄마아!~를 부르며 나는 신바람이 났었다. 눈이 살살 감기게 맛난 살구는 금세 동이 나고 즐거움이 넘쳤다. 동그란 얼굴에 미소를 머금고 머리를 곱게 빗어 쪽을 찐 깔끔하고 단아한 그분의 모습이 그리움으로 다가온다.

아파트 단지마다 조성된 조경이 아름답고 신선하다. 담장 위로 우쑥 올라와 매화랑 벚꽃에 질세라 연분홍 꽃을 피웠던 살구나무는 봄바람에 꽃잎을 흩날려 꽃길을 열고 웨딩길에 선 신부가 된 듯 황홀감에 취하게 하고, 내어줌이 주는 아름다움을 만끽하게 했다. 서둘러 하트형 잎을 피우고, 올망졸망 수많은 열매가, 숨바꼭질을 하듯 잎 뒤로 숨어 보이지도 않더니 어느새 황금빛을 띠고 알은체를 한다. 담장 밑으로 툭툭 떨어져서 모여 있는 동글동글 발그레한 알알이 반갑고 귀엽다. 한동안 발길을 멈추고 나무 보고 살구 보고, 살구 보고 나무 보고 웃음을 보낸다.

즐비하게 늘어선 자동차들, 사람들의 발길이 분주한 담장 밖으로 떨어지는 살구는 귀한 존재가 아니다. 부드럽고 새콤달콤한 맛과 향기는 손색이 없는데 줍는 이도 없다. 바라기로 웃음을 보내지만 본체만체 툭 차고 지나치는 사람들, 차이고 밟히고 터지고 바람에 쓸리면서도 천연스럽기만 한 살구가 안쓰럽다. 혼신을 다해 바라지를 하며 공들여 키워낸 열매들을 바라보는 나무의 마음을 헤아리며 울적하다. 공해가 없는 한적한 시골 마을에 심겼으면 친환경 무공해 건강식품이라고 환심과 사랑을 듬뿍 받았을 텐데! 속내를 들키지 않으려 선들바람에 춤을 추고 속울음을 삼키면서 강한 척 의연한 어미의 마음을 왜 나는 여기서 느끼고 있는 걸까.

과수원에서 나오는 탐스럽고 깔끔하게 포장된 상품에 마음이 끌리고 친환경 무공해 건강식품을 선호하는 요즈음이다. 휘~익 바람이 분다. 후드득 떨어지는 살구가 가슴을 서늘하게 한다. 자꾸만 돌아보며 발걸음이 무겁다. 살구는 보이는 것이 다는 아니라고 딴청 말고 어서 너의 길을 가란다.

여름철, 피로하고 입맛이 없을 때나, 체력이 떨어질 때, 야맹증, 스트레스 해소, 신진대사를 원활하게 해준다는 살구는 우리 조상들이 즐겨 먹던 옛 과일이며 제사에 올리는 제물로 빠지지 않았단다. 살구나무가 많은 동네는 전염병이 못 들어오고, 열매가 많이 달리는 해에는 병충해가 없어서 풍년이 든다고도 했다. 씨는 천식, 호흡곤란, 신체 부종 치료, 화장품 재료 한약재, 기름, 공예품으로 호평을 받을 뿐만 아니라 불경을 올리며 찌든 세상의 번뇌를 씻어내는 목탁도 살구나무 고목으로 만들어야 제대로 된 맑고 은은한 소리를 얻을 수 있단다. 고즈넉한 산사에서 저녁예불을 올리는 스님의 염불과 목탁 소리에 마음을 다독이며 내려오던 날이 언뜻언뜻 떠오른다.

의원을 행림杏林이라고도 하는데 이는 중국 오나라의 명의 동봉이 환자를 치료해주고 치료비 대신, 앞뜰에 중환자에게는 다섯그루, 경환자에게는 한그루의 살구나무를 심게 하여 울창한 숲을 이루고, 살구를 내다 팔아 가난한 사람들을 구제하게 하였다는 일화에서 유래한 말이라고 한다.

만병통치의 효능과 맛으로 이로움을 주는 귀하디귀한 살구다. 어디에 떨어진들 무슨 상관이랴. 농익어 상큼 달콤한 맛과 향기, 부드러운 외모에 단단한 껍질로 생명을 품었으니 발그레 고운 빛이 더 아름답게 보이나 보다.

양손에 들고 살짝 눌러 당기면 깔끔하게 쪼개지는 매력 또한 다른 과일에서는 볼 수 없는 특징이다. 쪼갠 과육을 접시에 돌려 담고 씨를 가운데로 모았다. 식탁 위에 발그레한 황금빛 살구꽃이 활짝 피었다. 신선한 열매 꽃이다. 나도 그렇게 의연하고 성실하게 받아들이며 감사하는 삶을 살고 싶다.

다육이

다육 나눔 행사장에서 모임을 하는 날이다. 딱히 하는 일이 없어도 집을 나서려면 바쁘기만 하다. 남편이 출근하고 나면, 설거지며 빨래, 청소 자잘한 일들이 나를 재촉한다. 준비해오라는 빈 화분을 챙겨 들고 집을 나섰다.

행사 때마다 함께하는 회원님 차에 동승하고 무심천 하상도로를 달린다. 물길을 따라 우거진 초록빛 갈대숲과 어우러진 풍광이 아름답고 붐비지 않는 길이 시원스럽다. 청주 토박이로 자란 우리는 이 길에 들어서면 이야깃거리도 많다. 그 옛날엔 물도 많고 맑아서 여름밤이면 천변에 나와 더위도 식히고, 목욕도 하고 이불 빨래도 했다는 둥, 벚꽃도 데이트의 추억도, 겨울이면 스케이트를 즐겼던 일들을 다투어 떠올리며 웃음꽃을 피운다.

행사장은 사천동에 있는 '바실리 다육농원'이다. 행사장에는 '보호 종료 청소년들의 주거지 및 쉼이 필요한 사람들의 쉼터 마련을 위한 다육식물 바자회'라는 긴 설명글 펼침막이 걸려있다. 이곳 다육식물은 신자가 10년 이상 공들여 키운 것을, 어려운 이웃을 돕기 위해 기증한 것으로 담당 신부님이 하우스를 설치하고 3년간 관리하셨는데 사제 수품 25주년을 맞으며 후원자들에게 감사하는 마음을 담아 사랑 나눔을 한다고 하셨다. 되로 주고 말로 받는다고 했던가. 작은 나눔에 넘치는 사랑이 민망하고 쑥스럽기도 하지만, 뜻깊은 행사에 함께 할 수 있음이 기쁘고도 감사하다.

좌대와 모래밭에는 크고 작은 각양각색의 다육식물들이 빼곡하다. 3,000여 종이 넘는다고 하셨다. 우리는 이 많은 것을 관리하시며 얼마나 힘이 드실까 걱정을 했지만, 얘들하고 있으면 잡념도 없고 재미가 있어서 시간 가는 줄도 모르고 좋다고 하시며 환하게 웃으신다. 생명의 신비에 고단함은 활력이 되고, 나눔으로 실천하는 이웃사랑이 즐겁고 행복한 웃음을 짓게 하나 보다.

빈 화분을 들고 살펴보다가 마음에 드는 다육을 하나씩 담아 들었다. 내가 고른 다육이 지금은 여기 하나밖에 없는 것이란다. 귀한 생명이니 잘 기르라는 신부님의 속내를 모를 리 없지만 '정말요?'라고 놀라운 듯 반문을 한다. 신부님은 손수 심어주겠다고 나서셨다. 화분을 돌려가며 정성을 다하시는 모습에서 생명을 귀히 여기며 돌보는 아름다운 사제의 마음을 느낀다. 관리하고 손질하는 법을 알려주시며 언제라도 궁금하거나 이상이 생기면 가져오라고 당부하시는 자상하고 소탈함이 어버이처럼 친근감을 더하고 존경스럽다.

창가에 두 개의 화분을 나란히 놓고 인터넷으로 이름을 찾아본다. 수없이 많고 비슷한 다육을 보며 꽃대를 살짝 숙인 원종몰게인, 환엽스텔라를 찾는 데 소모한 시간은 한나절이 넘었다. 다도미인, 천대전송, 수, 나빌레라, 우주목백금, 옵투사⋯⋯ 등, 내 다육이들 이름도 예쁘게 써서 꽂아 놓아야겠다.

몸에 물을 저장하고 통통한 잎으로 꽃 모양을 낸 다육식물은 낮에 광합성으로 만들어놓은 산소를 밤에 내뿜어 잠을 편안히 잘 수 있다고 한다. 내가 처음 만난 다육은 동생네 돌잔치에서 받은 비둘기색 꽃 모양의 백모단이다. 음이온 발생량이 많아 공기를 맑게 해주기도 하지만, 떨어진 잎에서 뿌리를 내리고 까탈 없이 잘 자라는 것도, 부드러운 색감도 은근한 매력이다.

몰게인이 꽃대를 올린 지 한 달이 넘었다. 동그랗던 연분홍빛 줄기가 허리를 펴면서 황금종 모양으로 꽃봉오리들이 하나, 둘 피어나기 시작한다. 금방이라도 맑은 종소리가 쏟아져 나올 것만 같다. 바라보기만 해도 좋다. 다소곳이 머리를 숙인 열세 송이 꽃이 활짝 피는 날, 아름다운 종소리를 상상하며 날마다 눈을 맞춘다. 나도 정화와 편안함을 주는 다육이처럼 살고 싶다.

마로니에

9월 수필 창작 첫 시간이다.

"여러분은 왜 수필을 배우려고 왔는가?"

교수님의 질문에 신입 회원들의 반응은 내가 글쓰기를 시작했던 첫 시간을 떠오르게 했다. 글을 쓰면서 자신을 돌아보며 멋진 노후를 보내고 싶다면서 열심히 하겠다는 다짐과 희망에 부푼 모습들이 신선하고 다부지다.

교수님께서는 친환경 면 가방을 들어 보이시며 담긴 것을 알아 맞추어보라고 하신다. 무얼까? 호기심에 찬 시선들이 집중되고 '먹는 것인가요?'로부터 이어지는 질문과 답변이 재미난 스무고개 시간이다. 선을 보인 것은 잘 영근 왕 밤톨이다. "아! 마로니에요" 반가움과 기쁨에 넘친 회원의 목소리가 상큼하다. 마로니에라는 노래는 들었지만, 열매를 보는 것은 처음이다. 반들반들 윤이 나는, 색깔도 모양도 밤처럼 생긴 야무진 열매는 딱 깨물면 달큰 고소하고 담백한 알밤 맛일 것 같다. 불현듯 바람이 불면 양철지붕 위로 땅땅 큰 소리를 내며 떨어지던 고향 집 알밤 생각이 난다. 뒷마당에 떨어진 굵직한 알밤을 주워들고 좋아하던 해맑은 모습들이 웃음을 펴 올린다.

교수님은 씨앗을 심어서 15년 만에 처음으로 수확한 '마로니에'라고 하셨다. 첫 열매를 줍고 느끼셨을 희열과 뿌듯함, 그 순간 우리를 생각하신 교수님의 제자 사랑에 절로 박수가 터진다. 먹는 것은 아니지만 약용으로 쓰인다고 하시며 한 알씩 나눠주신다. 땅이나 화분에 심고 발아해서 자라는 과정을 관찰하여, 심을 때와 기다림이 주는 설렘, 싹을 틔웠을 때, 자라는 모습을 보며 생각과 느낌을 써 보는 것도 글을 쓰는 좋은 방법이니 숙제로 준다고 하셨다.

"이것 참 부담스럽네!" 마로니에 열매를 한 개씩 받아들고 말들은 하면서도 오가는 표정들이 즐거운 분위기다. 소중하고 귀한 선물이다. 요리조리 돌려보며 기분도 좋다. 요게 자라서 탱글탱글 야무지고 튼실한 열매가 열릴 것을 상상하며 마음은 벌써 멋진 어미나무의 모습을 그리고 있다.

화분을 준비하여 흙을 채우고 왕밤톨을 닮은 마로니에 씨를 심었다. '싹이 잘 나와야 할 텐데!' 걱정이 앞장을 선다. 온도와 습도 환경에 따라 발아 시기가 다르다고 했다. 바깥환경과 같게 하려고 창문을 열고 햇빛이 잘 드는 곳에 화분을 갖다 놓고 들여다보며 언제 쯤이면 마로니에 씨앗이 두꺼운 껍질을 열고 생명의 싹을 보여 줄 수 있을까 궁금하다.

'마로니에는 줄기가 곧고 굵으며 높이 자라는 나무로, 잎자루가 길고 손바닥을 편 모양으로 잎자루에 5~7갈래로 달려있어 칠엽수로, 프랑스어로는 큰 밤이라는 뜻이다. 한국 제1호로 확인된 가시 칠엽수는 1913년에 네덜란드 공사가 고종에게 선물한 것으로 덕수궁 석조전 뒤에 있는 수령이 100년을 넘는 노목들이다. 원산지는 유럽 남부로 흰색 원추형에 분홍색 점이 들어간 형태로 꽃말은 친분, 천재, 열매는 둥글고 가시가 달려있고, 일본 칠엽수는, 미색 꽃으로, 꽃말은 낭만, 정열, 사치스러움이고, 1920년대에 일본인 교수가 서울대학 물리대에 심었으며 열매의 껍질 부분이 매끄럽다. 꽃에는 꿀이 많아서 벌이 많이 찾아와서 20m의 나무에서 10리터의 꿀이 생산된다는 기록에 밀원으로 이용되기도 한다.' 마로니에 씨앗을 심은 지 보름이 지났다. 어떻게 하고 있을까. 흙을 쏟아 꺼내 들고 살펴본다. 아무 낌새도 보이지 않는다. 햇빛이 잘 들고 물이 잘 빠지는 곳을 좋아하고 추위에 강해서 아무 데서나 잘 자란다고 하니 일단은 안심이다.

큰 화분으로 옮겨 심어놓고 분무기로 물을 뿌려준다. 세상 모든 것은 때가 있다고 하지 않던가. 차분히 그날을 기다리자면서도 발아를 기다리는 조급함은 샘가에 앉아 숭늉을 찾는 격이다. 따가운 햇볕에 여물어가는 열매들의 어울림이 풍요롭고 아름다운 가을이다. 내년 봄이면 건강하고 예쁜 싹을 보여주겠지! 마로니에의 출생을 기다리는 마음이 하늘빛을 닮아간다.

고구마

오늘은 손녀가 좋아하는 고구마 간식을 준비하기로 했다. 구워 볼까. 튀김을 할까. 온라인수업을 하고 나오면 맛있게 먹을 손녀를 생각하며 기분이 좋다. 안토시아닌, 비타민, 칼륨, 식이섬유가 다량으로 포함되어있어서 하루에 한 개만 먹어도 의사가 필요 없다고 할 만큼 영양과 건강에 효능이 우수하다는 웰빙 식품 고구마다. 주방으로 나가는 발걸음이 가볍고 신바람이 난다.

그런데, 고구마 봉지를 열고 보니 발그레 탱탱하고 매끄럽던 몸매가, 티석티석하고 거뭇거뭇하다. 왜 이렇게 변했지? 상해서 푸석하고, 딱딱하게 굳은 것들을 골라내며, 즐거움은 꼬리를 감추고 힘이 쏘옥 빠진다.

생명이 주는 희망과 기쁨, 죽음이 주는 절망과 허탈감을 가늠하며 몇 안 되는 성한 것들을 씻어 껍질을 벗긴다. 겉과 속이 이렇게 다를 수가 있을까. 겉은 멀쩡한데 깎아놓으면 속살이 거무스레하고 퍼렇게 멍이 들었다. 겉과 속이 다른 게 어디 이 고구마뿐이랴! 살짝 저며 맛을 보니 알밤처럼 고소하고 달큰했던 것이 씁쓰레하고 역하게 들큰하다. '아끼는 것이 찌로 간다.'더니, 생생하고 좋은 것만 골라 봉지에 담아놓았는데, 진즉 꺼내서 굽던지 찌던지 맛탕을 만들었으면 좋았을 것을! 아깝고 한심하고 속이 상했다.

그중에 쓸만한 것들을 가려 도톰하고 반듯하게 썰어 기름에 튀겨내기 시작했다. 노릇노릇 동동 떠오르는 단정한 조각들의 탄생이 기쁘다. 힘이 났다. 내 맘을 알아차리기라도 한 듯 황금빛 튀김으로 다시 태어난 고구마가 신통하고 고맙다. 접시에 담아 식탁에 올려놓고 보니 우울했던 마음은 즐거움으로 자리바꿈을 했다.

그 좋았던 고구마가 왜 그렇게 상했을까. 휴대폰을 열었다. 햇볕에 잘 말려서 습기를 제거한 후, 통풍이 잘되는 실온에 보관하는 것이 가장 좋다고 한다. 고구마가 상하는 이유는 얼었거나 습기가 부족할 때이며, 장소를 옮겨서 변화를 주면 바로 썩는다고 한다. 고구마는 변화에 민감한 알뿌리였다. 통풍이 안 되는 검은 비닐봉지 안에서 얼마나 답답했으면 이 모양이 됐을까.

고구마는, 일본에 통신사로 갔던 조엄이 종자를 가져왔단다.

그의 '해사일기' 기록에는 대마도에 심한 가뭄이 들었는데 이를 심어 부모를 부양하였다는 효자 이야기에서 고오시마(高貴爲麻고귀위마)라 불리게 되었고, 오랜 기근에 굶주림으로 고통을 받았던 백성들에게 구황식물이 되었다고 한다. 문득 어릴 적 생각이 난다. 비록 물컹 질척한 고구마지만 쪄서 김치와 함께, 한 바가지 그들먹하게 방으로 들여놓으면, 금세 동이 나고, 거뜬한 한 끼로 손색이 없었지! 많은 식구에 시끌벅적했던 안방 풍경이 눈에 선하다.

객지 생활을 하면서 한겨울, 매서운 바람에 옷깃을 여미고, 발이 시려 동동거리다가도 군고구마를 파는 장사를 보면 그냥 지나가지를 못했다. 따끈따끈한 군고구마 한 봉지는 나를 달뜨게 했다. 가마에서 나온 껍질이 허부렁하고 살짝 탄 모양새는 뜨겁기만 할 뿐 볼품이 없지만, 겉옷을 벗으면 연갈색을 띤 샛노란 속살의 매혹적인 빛깔이며, 회가 동하게 구수하고 달콤한 냄새 못지않은 그 맛은 "와아!~" 소리가 저절로 터지게 했다. 호호 손을 바꿔가며 '앗! 뜨거워!'를 연발하면서 웃음이 쏟아지고, 부러울 게 없었다. 지금도 난 군고구마란 말만 들어도 군침이 돈다.

열기를 감내하고 속속들이 고르게 익힌, 껍질의 희생은 위대한 모성의 아름다움이다. 고구마 하면 겨울밤 고향 집 안방 화롯가가 생각나고 그리워지는 건 나 뿐일까. 시골집 안방 윗목에 자리를 잡은 수숫대로 엮은 통가리에는 큼직한 고구마가 그들먹했다.

잘린 줄기에서 내린 뿌리에 강인한 생명력으로 응결된 보람이 알토랑 가족을 이룬 대견한 삶이다. 수분이 많아서, 생것을 쭉쭉 삐져놓거나 비들비들 말리면 심심풀이 간식이 되었고, 격의 없이 편안하고 포만감을 주며 겨우내 숙성되면서 단맛을 내는 고구마다. 맛과 모양이 다르다고 고구마가 아닌가. 소명을 다하는 소중함보다 더 큰 보람이 있을까. '삶의 기쁨과 가치는 성실하게 자신이 만들어가는 것이고, 나를 지탱하는 건 내가 누군가에게 도움이 되는 유익한 존재'라는 말이 생각난다.

"할머니, 오늘은 고구마스틱이네요! 아주 맛있어요." 손녀의 상큼한 목소리다. 엄지척을 하고 환하게 웃는 손녀의 모습이 기쁨을 더한다. 웃음꽃이 행복을 피워 올린다. 바삭하고 달콤한 튀김 고구마가 준 귀한 선물이다.

추석 이야기

추석이 가까운 휴일 오후다. 심심하니 오창이나 다녀오자는 남편의 말에 동생에게 전화하고 추석 선물을 챙기며 나는 신바람이 났다. 제부는 남편과 어릴 적부터 절친한 친구다. 나는 동생을 만나고 남편은 친구를 만나러 가니 청명한 날씨만큼이나 기분 좋은 나들이다. 바람을 타고 다양하게 펼쳐지는 구름의 향연, 가을빛에 영글어가는 황금빛 들판과 채소밭이며 가을 풀꽃들이 더욱 아름답고 평화롭게만 보인다.

갈 때마다 텃밭에 심어 가꾼 채소들을 아낌없이 담아주고 이건 농약도 하나도 안 주고 깨끗한 물만 주어 길렀다면서 맨날 풀만 줘서 미안하단다. 싱싱한 풋고추며 가지, 깻잎 오이와 다양한 쌈들에 별식까지 챙기는 농축된 사랑의 선물은 우리 밥상을 맛깔나고 풍성하게 하는 특별메뉴가 된다. 환하게 웃으며 손사래를 보내는 동생 부부의 모습이 눈에 선하다.

명절이면 미리 성묘를 다녀오고 가족여행으로 현지 성당에 가서 미사를 드리며 보냈던 일정을 이번에는 집에서 지내자고 했다. 자식들이 온다는 소식에 설레는 마음은 자꾸만 문밖을 향하게 한다. 기다림은 기쁨이다. 기도로 응결된 애틋한 어미의 마음이다. '할머니!~'를 부르며 달려드는 손자가 귀여워 힘이 부쳐도 저절로 팔이 벌어지는 건 할미의 마음이다.

동생이 챙겨준 싱싱한 채소들, 덕담과 함께 보내온 명절 선물들, 조금씩 사들인 재료들로 며느리와 딸들의 음식 솜씨 경연대회가 열렸다. 집안이 떠들썩하고, 기름 냄새를 풍기며 물어보고 알려주고 간을 보고 칭찬하며 정성껏 만들어 담아내는 정겨운 한마당이 감사와 기쁨을 더한다. 이렇게 모여서 음식을 만들고 먹고 자고 떠들면서 지낸 명절이 얼마 만인가. 남편도 흐뭇하고 즐거운 표정을 지으며 앞으로는 명절을 이렇게 지내는 것도 좋겠단다.

추석이면 가장 먼저 떠오르는 것은 송편이다. 송편을 예쁘게 빚어야 예쁜 딸을 낳는다고 했다. 둥그렇게 앉아 송편을 빚는다. 동그라미를 살짝 집어 부리를 만든 병아리도 있고, 꽃도 밝은 해도 보름달도 있다. 제각각 빚어놓은 모양들이 참 재미있다. 찌면 다 똑같다면서도 작품 모양내기에 바쁘다.

핵가족을 이루고 직장으로 학원으로 취미생활로 모두가 바쁜 요즈음이다. 떡보다는 빵이나 햄버거 피자를, 단술이나 수정과보다 커피나 음료수를 선호하고, 전래놀이로 보름밤을 지새웠던 명절은 TV 화면을 통하여 방영되는 명절 프로그램을 보며 지내기가 십상이다. 명절은 며느리 허리 부러지는 날이라는 말이 있지만, 적당히 떠들썩한 집안 분위기는 정겹고 생동감이 넘친다.

추석 미사를 봉헌하고 부모 형제 친척을 모신 요셉공원으로 성묘하러 갔다. 꽃을 사서 갈아 꽂고, 예를 갖춰 잔을 올리고 세상을 떠나신 부모님과 그분들이 하늘나라에서 평화와 안식을 누리시기를 기도한다. 9위의 묘소를 참배하면서 초등학생인 손자는 슬프단다. '왜?'라고 묻는 내게 눈물이 글썽한 채 고개를 숙이고 돌아서며 "몰라요, 그냥 슬퍼요."란다. 삶과 죽음이 주는 다름이 감수성 예민한 어린 마음을 건드렸나 보다.

티 없이 드높은 밤하늘에 뜬 동그란 한가위 보름달이 하트모양으로 보이는 건 무슨 까닭일까. 작은 몸체에서 쏟아내는 달빛이 신비롭다. 마냥 빨려들어 넋을 놓고 바라보고 또 바라본다. 떡방아를 찧는 토끼는 간데없고 맑은 샘물이 가득 고여 남실남실 흘러넘친다. 온몸과 마음이 온화하고 정갈해지는 느낌이다. 달님은 밝고 고운 심성을 내게 담뿍 안겨주고 싶었나 보다.

이튿날은 속리산 세조 길을 걷기로 했다. 법주사에서 세심정까지 데크로 이어지는 산책로다. 우거진 삼림, 시원한 바람, 바윗돌을 감돌며 흐르는 계곡의 맑은 물길을 따라 담소를 나누며 쉬엄 쉬엄 걷는 오솔길이 즐겁고 편안하다.

맛집에서 늦은 점심을 먹고 서로를 안아주고 감사하다며 헤어짐이 아쉬운 시간이다. "할아버지, 할머니, 건강하세요, 아프지 마세요." 울먹이며 안기는 손자가 귀엽고 사랑스럽다. "그래, 우리 율이도 건강하거라" 꼬옥 안아 볼을 맞대 비비며 환한 미소를 보낸다. 하늘만큼이나 높아지는 감사와 사랑이 넘치는 모두가 즐거운 추석 명절이다. '더도 덜도 말고 한가위만 같아라.' 하지 않는가. 만남이 행복하고 풍요롭고 아름다운 추석날이 나는 좋다.

제4부

만남

나를 향한 신뢰와 정성이, 사랑을 받고 있다는 기쁨이 봇물 터지듯 터진다. 선물은 곧 마음이다. 혼이 담긴 선물의 가치를 무엇에 비길 건가. 묵주를 넣고 다니며 고마움을 기도로 보답하자고 마음을 굳힌다. 그의 가정에 건강과 기쁨이 충만하고 행복하기를 기도하는 거다.

- 〈혼이 담긴 선물〉 중에서

혼이 담긴 선물

선물은 가슴을 뛰게 한다. 선물은 바로 관심이고 사랑이기 때문이다. 더구나 정성 들여 손수 만든 것을 받았을 때의 기쁨은 더 말할 나위가 없다. 내가 그의 삶에 한 몫을 차지했다는 감동과 감사가 나를 행복하게 한다.

거실에 들어서면 가장 먼저 눈길을 끄는 건 연한 베이지색과 반짝이는 금색이 살짝 어우러져 별처럼 빛을 내는 순면 실로 뜬 방석이다. 어떤 마음으로 이 실을 골랐을까. 반듯하게 줄을 맞춰 깔끔하고 정교한 무늬들이 볼수록 품위 있고 정감이 간다. 실과 바늘이 하나가 되어 짜여진 방석에서는 흐드러지게 펼쳐진 메밀꽃밭이 보이고, 바람결에 머리카락을 날리며 개망초 꽃길을 걷는 소녀의 마음이 되어 콧노래를 흥얼거리게도 한다.

어르신 대학에서 피정하였을 때다. 방 배치를 받고 짐을 풀면서 같은 방을 쓰게 된 동료는 남편과 같은 성을 가진 나를 만나서 기쁘다고 반색을 했다. 그는 하루의 일정을 마치고 숙소에 들어오면 늦게까지 뜨개질을 했다. 뜨개에 집중할 때면 고단하고 힘겨웠던 일들을 모두 잊게 되고 기분이 좋아진단다. 뜨개질하며 그는 한생의 삶을 풀어 놓았다.

늦게야 세례를 받고 신앙생활을 하면서 삶이 행복하고 감사하게 되었단다. 그의 말은 나를 돌아보게도 하고 진실하고 때 묻지 않은 순수함에서 오는 참신함이 행복한 가정을 이룬다는 진리를 깨닫게 한다. 믿음이 주는 성실함과 스스럼없고 거침이 없는 말씨가 시원하고도 정겹다.

방석을 보면 살며시 건네주며 환하게 웃던 그의 얼굴도, 꽃무늬를 놓고 대어보고 확인하며 뜨개질을 열심히 한 모습도 보인다. 나를 만난 기념으로 떠주고 싶었단다. 남편과 같은 성을 가졌다고 그런 생각을 했을까. 그보다는 부부의 금실이 좋다는 것이 정답인 것 같다. 수없이 실을 감아 코를 만들고 이어가며 담긴 기도와 따뜻하고 고운 그의 마음 안에 내가 함께 있었다는 것이 기쁘고도 고마웠다. 뜨개질은 마음을 차분하게 하고 몰입하게 한다.

문득 오래전 대녀에게 받은 연보랏빛 가방 생각이 난다. 유명 상표를 붙여 모양을 내고 투명한 손잡이가 고급스럽다. 안감으로 보랏빛 천을 받치고 수납공간도 만들어 편리하게 쓸 수 있도록 공들여 뜬 가방을 받아들고 난 할 말을 잃었다. "뜨개질을 배우고 첫 작품으로 대모님 미사 가방을 떠드리고 싶었어요. 첫솜씨라 몇 번을 풀었다 떴다 했는지 몰라요." 해맑게 웃으며 건네주던 대녀의 모습이 눈에 선하다. 화사하고 아주 잘 어울리는 미사 가방은 성당에 갈 때마다 들고 다니며 뿌듯하고도 자랑스러웠다.

내가 사랑하는 이를 생각하며 실을 고르고 마음을 모아 조화롭게 담기는 문양이 만들어질 때마다 맛보는 성취감과 신비로움은 하나의 생명체가 된다. 고단해도 즐겁고 힘들어도 시간 가는 줄을 모르는 기쁨은 뜨개의 매력이다.

하나의 코에 연결되어 완성으로 가는 길은 삶의 기본이고 고리라는 생각을 한다. 모든 것은 가장 작은 것으로부터 시작되지만 상상을 초월한 탄생의 신비는 놀랍기만 하다. 오늘은 또 무엇을 뜨면서 밤을 지새울까. 뜨개질하던 옛 생각을 떠올리며 고마움과 함께 살짝 미안하기도 하다.

나는 무얼 선물하지! 아무리 생각을 해도 마땅한 것이 떠오르지 않는다. 곰곰이 생각에 잠긴다. 이럴 때 좋은 글을 써서 펴낸 내 책을 선물하면 얼마나 좋을까. 내 글이 실린 동인지를 선물하면서 아쉬움이 크다.

어르신대학 졸업식 날이다. "묵주를 넣든지 필요한데 쓰세요." 살며시 다가와 넣어주고 마주하는 눈빛이 더없이 친근하다. 똑딱

이 장식을 한 작은 손지갑이다. 앙증맞고 참 귀엽기도 하다. 색깔을 맞춰가며 뜬 깜찍하고 예쁜 지갑을 받아들고 생각에 잠긴다. 나를 향한 신뢰와 정성이, 사랑을 받고 있다는 기쁨이 봇물 터지듯 터진다. 선물은 곧 마음이다. 혼이 담긴 선물의 가치를 무엇에 비길 건가. 묵주를 넣고 다니며 고마움을 기도로 보답하자고 마음을 굳힌다. 그의 가정에 건강과 기쁨이 충만하고 행복하기를 기도하는 거다.

만남

'하늘은 높고 말은 살찐다'라는 가을이다. 한 해의 수고로움으로 알차게 여문 황금빛 들판이 풍요롭고, 수확의 기쁨은 힘들었던 만큼 뿌듯하고 감사함도 크다. 막내 시누이의 주선으로 동서들과 만나는 날이다.

같은 또래이며 비슷한 시기에 결혼을 한 삼 동서가 한 지붕 아래서 살았던 그때가 떠오른다. 생활환경도 낯설고 개성도 다른 손위 동서들과 조카, 시누이가 함께했던 막내의 시집살이는 만만한 게 아니었다. 객지에서 직장생활을 하며 부모님과 떨어져 살았던 나는 농사일로 시골집에 계시면서 가끔 다녀가시는 사려 깊고 자상하신 시어머님의 크신 사랑이 가장 큰 행복이었다.

삼 형제가 살림을 나게 되자 우리는 청주에 사는 종형제 동서들과 모임을 시작했다. 어머님은 동기간에 서로 오가며 화목하게 지내는 것을 보실 때마다 5형제가 한동네에서 재미있게 사셨던 일들을 맛깔나게 들려주시며 아버님의 크신 공덕을 치하하셨다. 아버님은 5형제에 둘째이셨지만, 맏이처럼 집안을 다스리셨고 근동에서는 존경받는 큰 어른이셨단다. 대범하고 의리를 중히 여겨 형제들과 집안의 대소사를 의논하고 뜻을 같이하여 매사에 어려움이 없었고, 우애가 좋기로 소문이 났다며 집안의 화합과 우애는 안 사람들에게 달렸다고 늘 말씀하셨다. 우리의 우애도 나무랄 데 없이 돈독하고 부러움의 대상이 되기도 했다.

그런데 인간사 새옹지마人間事 塞翁之馬라고 했던가. 생활에 어려움이 닥치고 갈등이 생기면서 알게 모르게 상처를 받게 되자 관계는 멀어지기만 했다. 자녀들은 성장하여 직장을 갖고, 결혼하여 핵가족을 이루며 고향을 떠나기 시작했다. 대소사에 모여도 데면데면하고 식사가 끝나기 무섭게 간단한 인사로 모두가 바쁜 걸음이다. 자주 만나야 재미도 나고 할 말도 많은데 오늘 형님들을 만나면 무슨 이야기를 하지? 난 아직도 마음의 문을 활짝 열지 못하고 있나 보다. 나갈 채비를 하면서 심란하다.

"언니 거기 어떻게 갈 거예요? 둘째 언니네가 우릴 데려다준다네요." 시누이의 전화다. 딸에게 부탁했던 나는 잘됐다면서 시간에 맞춰 서둘러 준비를 하고 내려갔다. 성격이 활달하고 상냥한 질부의 인사를 받으며 차에 올랐다. 맏동서가 두 손을 감싸 잡고 쓰다듬으며 만난 지가 십여 년도 넘는 것 같다면서 반색을 한다. 서먹함이 머쓱하니 꼬리를 감추고 분위기를 띄운다. 앞자리에 앉은 둘째 동서가 돌아보며 아주 힘없이 가냘프고 작은 목소리로 잘 지냈느냐고 인사를 한다. 핏기없이 마르고 주름진 얼굴에 스치는 미소, 나는 살찐 사람이 부럽다면서 몸무게가 40kg이라는 말이 안쓰럽고 마음이 아프다. 모두가 이젠 건강이 최고란다.

"오빠가 고모랑, 형님들 대접 잘하고 오랬어요." 마음을 다잡고 활짝 웃으며 인사를 했다. 만남을 간절히 바란 사람들처럼 좋은 분위기다. 심금을 털어놓고 시간 가는 줄을 모른다. 60대로 젊게 보이는 맏동서는 건강관리며 자녀들의 이야기, 음식에 이르기까지 삶이 즐거움으로 가득하다. 그때는 그랬었지라는 옛이야기에는 어정쩡하게도 지나간 일들은 하나도 생각이 안 난다고 시침을 뚝 뗀다. "얼레, 왜 그때 생각이 안 나!" 둘째 형님의 어색하고 의아한 표정에 그만 박장대소가 터졌다. 마음이 통하니 웃음도 통쾌하다.

80대인 우리다. 무엇을 이러니저러니 시시비비 가릴 것인가. 지나간 건 금방 있었던 일도 생각이 안 난다는 건 치매가 아니다. 용서이고 화해이며 재치와 능력의 지혜라는 생각이 든다. 만나보니 좋고, 서로의 안부를 챙기며 사랑한다고 즐거웠다고 환하게 웃을 수 있게 되었으니 행복한 것 아닌가.

얼굴 가득 온화한 웃음을 띠고 바라보고 계신 어머님의 모습이 어른거린다. 어른의 자리는 소통과 편안함을 이어주는 통로다. 손을 내밀면 마주 잡는 손에 흐르는 따스함이 사람의 마음을 순수하고 선하게 한다.

"사랑해, 건강해, 행복하고 즐거웠어, 고마워." 다양한 포즈로 하트와 손사래를 보내는 시누이와 동서들의 환한 웃음에 나도 커다란 하트를 선보인다. '우리 만남은 우연이 아니야……♬♪' 만남은 풀어주고 이어주는 묘약이 되었다. 조금씩 성숙해가는 노년이 행복한 가을이다.

모과 이야기

싸늘한 초겨울 하늘이 시리도록 파랗고 드높아 보인다. 둘레길에 핀 산국과 오색으로 물들였던 나뭇잎들이 시심을 퍼 올리고 황홀하게 하더니, 이젠 차가운 바람에 쏟아져 흩날리는 잎새들의 비행이 안쓰럽다. 잎을 다 떨군 빈 가지 끝에 매달려 안간힘을 쓰는 농익은 감이며 모과가 눈길을 끈다.

보이지 않던 것이 보이는 것은 관심이 주는 선물이다. 산책길에 떨어진 밤톨만 한 노란 열매를 발로 툭 찼다가 집어보니 모과다. 그냥 던져 버리고 길을 걷다가 마음이 켕긴다. 미안하다. 되돌아가서 다시 집어 들고 나무를 올려다본다. 높은 하늘을 향해 잔가지들을 활짝 편 끝자락에 노랗게 매달린 모과들이 신기하고 예쁘다. 가지에서 까맣게 된 채 매달린 것들도 많은데 노랗게 잘 익은 요것이 참 신통하다. 손의 온기에 몸을 녹이고 솔솔 뿜어내는 향기가 일품이다. 주변에 모과나무가 또 있나 살펴본다. 낙엽에 반은 가려진 몸매를 살짝 내민 모과가 반갑다. 장정 주먹보다도 크고 매끈하다. 양손에 하나씩 들고 번갈아 들어보며 펴 올리는 향기에 작은 미소가 번진다.

복지관을 오가는 초등학교와 아파트 사잇길은 내 단골 길이다. 길바닥에 떨어져 나동그라진 큼지막한 황금빛 모과 덩이가 눈에 번쩍 뜨였다. 얼른 집어 들고 농익은 빛깔에 탄성이 터진다. 모과나무가 어디 있었지! 두리번거린다. 잣나무들에 가려 보이지 않던 모과나무에 여나무개나 달린 열매가 신기하다. 밤새 휘몰아친 비바람에 무게를 감당하지 못하고 떨어지며 금이 가고 어혈 진 상처가 한 폭의 그림으로 태어났다. 안쓰럽기도 하고 뿌듯하기도 하다.

모과가 익어가는 철이면 가을 선물이라며 잘 익은 모과를 살며시 건네주시던 도서관 관장님, 인문학 강좌 '시의 세계' 강의 시간에 모과 자작시를 낭송하고 '해인海印으로 가는 길' 저자에게 시집을 받던 기쁨, '형님! 어제 농협마트에 갔다가 형님 생각이 나서 샀습니다.'라고 쓴 메모와 함께 샛노란 모과 두 개를 살며시 건네주던 고운 님의 미소도, 어린이집 작은 나무에 핀 연분홍 꽃과 향기가 하도 좋아서 한참을 멈칫거렸던 기억도 생생하다.

모과는 나무에 달린 참외라는 뜻인 목과가 변한 것이고, 열매의 크기와 모양 색깔까지 참외를 쏙 빼닮았기 때문에 붙여진 이름이라고 한다. 보기와는 달리 과육이 목질처럼 단단하고 떫고 신맛이 강하여 다른 과일처럼 먹을 수는 없지만, 나박나박 썰어서 꿀에 쟁여놓고 추운 날이나 감기 기운이 있을 때 마시는 따끈한 모과차 한잔은 몸도 마음도 따뜻하고 편안하게 한다.

동의보감에는 '갑자기 토하고 설사를 하면서 배가 아픈 위장병에 좋으며, 소화를 잘 시키고 설사 뒤에 오는 갈증을 멎게 한다. 힘줄과 뼈를 튼튼하게 하고 다리와 무릎에 힘이 빠지는 것을 낫게 한다. 햇볕에 말려서 끓이거나, 환제 또는 산제로 복용하면 호흡기질병에 탁월한 효능이 있다.'라고 했다.

모과나무는 목질이 단단하고 질이 좋아 고급가구 재료로 쓰이며, 관상수, 과수 분재 등으로 쓰임새가 많고, 천년을 사는 장수나무라고 한다.

수피는 밋밋하고 적갈색으로 윤기가 있지만 울퉁불퉁한 몸매에 억세고 긴 가시는 넘보지 못할 위용을 지녔다. 껍질이 떨어져나간 곳에 초록빛과 흑갈색으로 바랜 듯 누렇고 비늘처럼 그려진 문양은 얼룩무늬 군복을 떠올린다.

세 개의 모과를 깨끗이 씻어 채반에 받쳐놓고, 샛노랗고 앙증맞게 귀여운 모과는 잼 유리병에 넣어 꿀을 채우고 식탁 위에 놓았다. 노랑 병아리 같다. 모과를 나란히 놓고 배시시 웃는다. 다정하고 잘 어울리는 모과 삼 형제다.

향을 다 날려 보내면 볼품없이 마르고 까맣게 변하는 게 모과다. 모과차를 담기로 했다. 가로로 가르니 황금빛으로 둘러싸인 씨방의 야무지고 정교한 배열이 꽃잎처럼 아름답다. 은은하고 상큼한 모과 향이 온 집안을 가득 채우며 가을을 만끽하게 한다. 얇게 썰면서 한 조각 입에 물고 독특한 맛을 음미한다. 투명한 꿀단지에 차곡차곡 쟁여놓고, 엄지척을 보내며 행복하다. 누가 과일전 망신은 모과가 시킨다고 했는가. 내겐 가당치도 않은 말이다.

오송 목과 공원에 있는 청주 천연기념물 제522호 모과나무는 가장 크고 아름다운 노거수로 세조의 부름에 자신을 모과나무에 비유하여 그림을 그려 보내면서 불응하자 '무동처사楙洞處士'라는 어서를 하사하였다는 유서 깊은 나무이며 역사 문화적 가치도 크다고 한다.

'모과는 얽었어도 선비의 손에서 논다'라고 하지 않는가. 시경 위풍衛風 편에 보면 모과는 친구나 애인 사이에 사랑의 증표로 주고받았을 만큼 귀한 물건이었다고 한다. 딱딱하고 신맛이 강해 다른 과일처럼 그대로 먹을 수도 없고, 울퉁불퉁 얼룩덜룩한 수피의 겉모양을 보고 못생긴 사람에 비유하지만, 사랑의 증표로 주고받을 만큼 귀하고, 향기로움을 간직한 모과를 어찌 홀대할 수 있겠는가. 얽었어도 선비의 손에서 논다는 모과를 닮고 싶은 날이다.

길고양이

결혼 후 10여 년 만에 갖게 된 집은 사무실이 딸린 허름한 주택이었다. 안쪽으로 들어가면 작은 마당과 정원도 있고, 처음으로 내 집을 갖게 된 기쁨은 이루 말할 수가 없었다. 냉동창고와 사무실로 막힌 집은 드나들기도 불편하고 대낮에도 불을 켜야 했지만 나는 평생을 이 집에서 살겠다고 했다.

어느 날, 여직원이 고양이가 새끼를 네 마리나 낳았다고 까만 고양이 한 마리를 안고 왔다. 동그란 눈, 앙증맞게 작은 고양이는 장난을 좋아하고 재롱을 떨며 나를 따랐다. 그런데 하루는 컴컴한 거실 마루에 새끼 쥐 한 마리를 잡아 놓고 자랑스러운 듯, 오도카니 곧추앉아 칭찬을 기다리는 눈치였다.

피를 흘리고 죽어있는 쥐를 본 순간 난 질겁을 하고 정나미가 뚝 떨어졌다. 섬뜩하고 더는 보고 싶지 않았다. 나는 새끼 고양이를 되돌려 보냈다.

어미가 이 첫 사냥을 보았다면 얼마나 기쁘고 기특했을까. 고양이는 육식동물의 본능인 사냥하는 특성이 있어 하루에 10~20마리의 쥐를 사냥할 수 있다고 한다. 이웃의 대리점과 주택들이 식당으로 바뀌기 시작하면서 쥐도 고양이도 개체가 늘어나기 시작했다. 매섭게 빛나는 노란 눈, 야릇하게 소름 끼치는 울음소리, 날렵한 몸놀림으로 집요하고 민첩하게 쥐를 잡는 모습은 몸서리가 쳐지고 끔찍했다. 꼬리를 바짝 세우고 당당하고 멋지게 담장 위를 행진하던 고양이가 담장 아래로 떨어져 죽는 기가 막히고 난감한 일이 일어나기 시작했다. 약 먹은 쥐를 먹었나 보다. 야속기만 했던 쥐도 고양이도 측은하고 불쌍하기는 마찬가지다. 고양이를 마대에 담아 쓰레기차에 버리고 돌아서는 남편의 허탈하고 씁쓸한 표정에 마음이 짠하다. 이젠 삼십여 년을 살았던 이 집을 하루라도 속히 떠나고만 싶었다.

새 아파트로 입주를 했다. 자연경관도 환경도 편리하고, 더 좋은 건 쥐도 고양이도 없는 것이었다. 그런데 요즈음 집을 나서면 색깔도 크기도 다양한 고양이들이 늘어나고, 먹이를 챙겨주는 이들이 곱지 않다. 도대체 나와 고양이의 인연은 어디까지인가. 길고양이 개체가 늘어남으로 인한 민원이 많이 발생하고 있으니 먹이를 주는 일이 없도록 당부드린다는 방송이 연일 계속되고,

산책길엔 '동물을 학대하는 것은 범죄입니다.'라는 현수막이 걸렸다.

놀이터에서 고양이들과 어울려 노는 아이들의 천진한 모습이 즐거워 보인다. 동물을 좋아하는 이들은 성품이 따뜻하다고 했다. 새끼를 다섯 마리나 낳았다고 먹이를 챙기며 환하게 웃는 자매에게 축하한다며 손사래를 보낸다. 생명을 귀하게 여기며 돌보는 그들처럼 나는 언제나 따뜻하고 아름다운 마음밭을 가꾸게 되려나. 작은 관심과 배려, 따뜻한 말 한마디에 힘이 나고 버팀이 되었던 일들을 떠올리며 옹졸했던 일들이 부끄러워진다. '입장 바꿔 생각해 보라'면 할 말이 없다. 마음의 빗장을 열자. 서로 다름을 인정하고 포용하며 성숙한 삶을 사는 거다. 상큼한 바람이 신선하고 향기롭다.

내딛는 발걸음도 가볍다. 내 곁을 스치며 핼끔 돌아보고는 '야~옹'하고 잽싸게 내달리는 고양이가 마치 '난 쥐 잡는 고양이가 아니야'하는 것만 같다. 웃음이 탁 터진다. 그래 너도 사랑받기 위해 태어난 고양이 맞다.

마음이 열리는 봄의 소리다.

세계의 길을 열다 1377

'직지' 하면 청주의 흥덕사지와 금속활자를 떠올려도 '세계의 길을 열다 1377' 하면 언뜻 떠오르지 않는 게 사실이다. 집을 나서면 '直指, JIKJI CHONGJU KOREA 1377, 백운화상초록불조직지심체요절권하청주목외흥덕사주자인시'라는 어려운 글을 한글과 영문, 한자로 수없이 접할 수 있는 곳에 사는 나다. 청주를 소개하라면 가장 먼저 직지의 고장 흥덕사지와 고인쇄박물관을 꼽지만, 설명하려면 자신이 없다. 그래서 직지에 대해서 알아보기로 했다.

'直指'는 금속활자로 인쇄된 책 중에서 가장 오래된, 우리 민족이 인류 문화사상 가장 먼저 발명한 금속활자로 세계에 자랑할 수 있는 위대한 기록유산이며, 直指人心見性成佛(직지인심견성성불)이라는 선종의 명구에서 유래한 참선하여 사람의 마음을 바르게 볼 때 그 마음의 본성이 곧 부처님의 마음임을 깨닫게 된다는 의미다.

직지는 1374년에 백운하상이 엮은 책으로 본래 제목은 '백운하상초록불조직지심체요절'이며 부처님과 큰스님들의 말씀 중에서 선의 요체를 깨닫는데 필요한 내용만을 발췌해 금속활자 인쇄물 상·하 두 권으로 엮은 책인데, 서기 1377년에 사적 제315호인 청주 흥덕사에서 편찬을 완료하였다.

직지 원본은 프랑스국립도서관 동양문헌실에 하권만 보관되어 있는데 이 책은 조선말 경 서울주재 프랑스 초대 총영사 겸 대리공사로 부임한 꼴랭 드 쁠랭시가 수집하여 1911년에 경매로 앙리베베르가 소장하다가 그의 유언에 따라 1952년 프랑스 파리에 있는 국립도서관에 기증되었고 프랑스 파리국립도서관 사서로 일하던 박병선 박사가 발견하여 1972년 세계도서의 해 기념행사인 책의 역사전시회에 출품되어 빛을 보게 되었다.

직지의 크기는 24.6cm×17cm로 전해오면서 중간에 책 자체를 해체하여 다시 제책을 할 때 겉표지에 '直指'라고 써넣은 것이다. 책의 하권 마지막 장에는 인쇄시기 宣光七年丁巳七月(선광칠년정사칠월), 인쇄장소 淸州牧外興德寺(청주목외흥덕사), 인쇄방법 鑄字印施(주자인시), 즉 '1377년 7월 청주목외흥덕사에서 금속활자로 찍어 펴냈다고 인쇄되어 있다' 글을 읽고서야 아파트 둘레길의 난간, 경계석, 가로등 기둥에 쓰인 직지와 관련된 글자들의 심오

한 의미를 알게 되었고 모르던 한자도 익히게 되었다.

이 기록은 독일 구텐베르크가 금속활자로 찍었다는 42행 성서보다 78년이 빠르다니 이는 우리가 인류 문화사상 가장 먼저 금속활자를 발명한 우수한 민족이라는 사실을 증명하는 대표적인 문화유산이요, 우리 민족의 자존심이고 긍지가 아닐 수 없다. 그러나 프랑스인이 수집해서 가져간 것이기 때문에 국제법상으로 달라고 할 수가 없다고 하니, 참으로 애석하고 통탄할 일이다.

이 책은 2001년 그 가치를 인정받아 유네스코 세계기록유산으로 등재되어 세계적으로 공인을 받았다. 이를 기념하고 세계기록 보존활용과 관련하여 세계적으로 기여한 개인이나 단체를 선정하여, 세계기록유산에 대한 이해와 관심을 높이고 관련분야의 연구를 진흥하기 위하여 2004년 4월 28일에 제정된 유네스코 직지상은 이 분야 최초의 상으로 2년마다 이루어지고 있다.

청주시는 직지를 널리 알리고 보존하고자 2021년 5월부터 문화재청의 후원을 받아 1377년에 인쇄된 상태를 추정해 원본의 종이 성분과 표면가공에 관한 정보를 과학적으로 조사 분석해 만든 복본을 각 30권씩 만들어 이번 9월에 열리는 직지문화재 때 전시하고 국내외 인쇄 관련 기관에 배부할 예정(6월 27일 자 경향신문)이라는 반가운 소식에 기쁨을 감출 길이 없다.

흥덕사지는 대지 40,990㎡, 면적 4,868㎡로 청주시 외곽 운천동 지역에 택지조성을 위한 공사 중 절터가 확인되었고 1985년 청주

대학교 박물관에 의해 많은 유물이 발굴되었다. 그 유물 중에 '瑞原府興德寺(서원부흥덕사)'라는 글자가 새겨진 청동금구(청동으로 만든 쇠북), '皇統十年興德寺(황통십년흥덕사)'라고 새겨진 청동불발(큰 그릇 뚜껑), 철불나발(철로 된 부처님의 머리카락), 청동소종, 청동금강저 등, 불기 25점이 발견되어 이곳이 바로 1377년에 직지를 찍어낸 흥덕사 절터임이 밝혀지게 된 것이다.

청주 고인쇄박물관은 1987년부터 약 156억 원을 들여 절터를 복원하고, 1992년 3월 17일에 개관하여, 고인쇄전문박물관으로 지상 2층의 건물에 5개의 상설전시실, 기획전시실, 수장고, 도서관, 세미나실 시설을 갖추고 있으며, 고서, 인쇄기구, 흥덕사지에서 출토된 2,600여 점의 유물을 소장하여, 체험학습을 통해 직지와 인쇄문화 발달사를 익히는 과학의 장으로 활용되고 있다.

또한 청주시는 직지의 정신을 이어가기 위해 2007년부터 1인1책 펴내기를 적극적으로 후원하여 선정된 이들은 기념행사와 전시를 통하여 '나만의 책'을 펴낼 수 있게 하여 '나도 작가'라는 자부심으로 꿈을 펼치게 했다. 선조들의 지혜로 발명된 금속활자 인쇄술의 혜택으로 일상생활의 느낌을 글로 써서 펴낸 나만의 책 '사랑만들기'를 펼칠 때마다 그 소중함과 감사함은 말로 다 할 수 없는 기쁨과 보람으로 나를 행복하게 한다.

'인류 정보화와 1차 혁명은 말을 사용하여 정보를 주고받게 된 것이고, 문자를 창안해 정보를 원형대로 보관 이전하게 된 것을

2차 혁명이라 한다. 인류가 금속활자 인쇄술을 발명해 지식과 정보를 대량으로 보급함으로써 급속한 문화발전을 가져오게 된 것을 3차 정보혁명이라고 평가한다.'라는 글을 읽으면서 책을 가까이한 지혜로운 문화민족의 후손이며 그 우수성을 세계적으로 인정받는 직지의 고장에 살고 있다는 것이 큰 축복이라는 생각을 한다.

2022년은 직지가 세상에 나온 지 50주년이 되는 해다. 역사는 민족의 뿌리다. 이를 잘 보존하고 소중히 여겨야 할 의무가 여기에 있는 것이다. 어딘가에 소장되어있을 직지 상권과 프랑스국가로부터 하권이 돌아올 수 있기를 바라는 간절함에 "선광칠년정사칠월 1377년에 우리는 세계 최초로 청주 흥덕사에서 금속활자 인쇄본인 직지를 찍어냈다. '세계를 열다 1377' 우리의 문화유산 직지를 말이다. 직지가 있어야 할 곳은 바로 대한민국 흥덕사지고 인쇄박물관이다."라고 큰소리로 외치며 널리 알리고 싶다.

숲길 나들이

'자연 우리의 미래'라는 주제로 모 신문사에서 주최한 '길 여행'에 참여했다. 글공부하는 회원들이 선생님과 함께 야외수업이라는 명분으로 떠나는 날이니 의미는 더 깊다.

신문사 앞에서 떠난다는 말이 떨어질 새 없이 '엄마, 제가 모셔다드릴게요'라는 상냥한 딸의 말에 귀가 번쩍 뜨인다. 이래저래 함박웃음이 터진다.

차는 한 치의 오차도 없이 정시에 떠났다. 오늘의 일정과 여행의 취지를 간단하게 알리고, 편안한 여행이 되기를 바란다는 인사와 기사님 소개를 끝으로 음악도 영상도 없다. 책을 읽는 이도 있고 가져온 간식을 나누며 소곤소곤 정겨운 이야기가 끊이지 않는 이들도 있다. 여느 관광버스와는 영 다른 분위기라며 옆 짝

꿍과 소곤거렸다.

오대산 입구에 도착했을 때는 이른 점심이다. 주최 측에서 준 물과 김밥, 떡을 받아들고 비어있는 팬션 앞마당 잔디밭에 돗자리를 폈다. 알맞게 불어오는 바람, 그늘을 드리운 잔디밭은 마음에 쏙 드는 명당이다. 나름대로 준비해온 회원들의 음식이 펼쳐졌다. 참기름으로 반지르르하게 단장을 하고 비스듬히 줄지어 포즈를 취한 쑥개떡이며, 밤, 대추, 맛난 콩과 견과류를 듬뿍 넣어 지은 영양밥, 손수 채취해 담았다는 산초장아찌, 맛깔스러운 반찬들과 과일, 음료 등, 푸짐한 먹거리가 일류뷔페 못지않다. 함께 먹고 나누기 위해 넉넉하게 준비하는 미덕은 두레와 품앗이로 길들여진 우리 세대의 특징이다.

둥그렇게 앉아 서로 권하며 맛과 솜씨에 칭찬과 덕담이 한창 무르익어가는 점심시간이다. 후식을 즐기며 나누는 정담은 시간 가는 줄 모른다. 청록의 건장한 나무로 둘러싸인 울타리 밑에는 소박한 야생화들의 꽃 잔치도 한창이다. 바람을 타고 울타리 밖으로 마실 나온 쌉싸래한 약초 향이 상큼하다. 그대로 머무르고 싶은 아쉬움을 안고 버스에 올라 월정사로 향했다. 월정사는 자장율사에 의해 신라 선덕여왕 12년에 창건되었다니 언제 적 절인가.

차에서 내려 난간에 12지간 동물을 조각해 놓은 다리를 건너 월정사로 들어갔다. 국보 제48호인 팔각 9층 탑은 고려 시대의 대표적인 다층다각 석탑으로 15m가 넘는다. 경내를 돌아보고 전나무 숲길에 들어섰다. 나무에서 뿜어나오는 상큼한 피톤치드 향이 멀미로 혼탁했던 머리를 말끔하고 시원하게 씻어준다. 마사와 황토를 섞어 만들었다는 황톳길 양편으로 늘어선 우람하고 늘씬한 나무들의 사열을 받으며 내딛는 발걸음도 가볍다.

700년이나 되었다는 죽은 전나무의 속 빈 등걸이 이곳을 찾는 관광객들에게 모델이 되어 한껏 인기를 끌고 있다. 터널이 되어 누운 채 파랗고 부드러운 이끼 옷을 입고 시선을 모으는 전나무의 모습에서 죽어서도 살아있음을 본다. 미끈하게 잘생긴 나무를 오르내리고 요리조리 돌면서 입을 맞추기도 하고 꼬리를 달싹이며 쫓고 쫓기는 놀이에 빠진 어린 다람쥐 한 쌍이 눈길을 끈다. 귀엽고 앙증맞고 정겨운 몸짓에 넋을 잃고 지켜보면서 청순했던 풋내기 적 날들이 떠올라 즐겁고 행복해지는 마음은 나이를 잊게 했다.

주역을 풀어 미래세계를 예언하는데 탁월한 능력을 보여주었다는 탄허 스님의 친필 '月精寺大伽藍(월정사대가람)'이라고 쓰여있는 일주문에 다다랐다. 이 문은 조선 후기에 다포계 건축으로 단청이 곱고 기둥 양편으로 판전을 붙여 안전감을 높였다고 한다. 일주문을 돌아 나오면서 낯선 이들과 어우러진 나를 본다. 모두 어디로 갔을까. 혼자라는 두려움과 당혹감이 밀어닥친다. 때로는 나만의 시간을 갖고 상념에 잠겨 혼자 걷고 싶을 때가 있다. 그런데

해찰을 떨다가 외톨이가 되니 엄습하는 외롭고 허전한 마음을 떨칠 수가 없다.

"아이고, 여기 있네! 명자씨 여기 있어. 우리가 얼마나 찾았다고" 반색을 하는 떠들썩한 목소리에 힘이 넘친다. 미안함과 고마움에 가슴이 뭉클하다.

버스로 희사거리까지 이동하여, 계곡을 따라 동파골 주차장까지 트레킹이 시작되었다. 물길을 따라 자갈밭과 산길을 오르내리며, 묵묵히 이 길을 따라 걸었을 수도승들의 마음을 헤아린다. 흐르는 물소리에 풍광을 벗 삼아 속세의 때를 훌훌 씻어버린 후련함에 가뿐한 마음이었을까. 외롭고 고독한 고행이 아픔이었을까! '상원사 선재길' 이정표를 따라 징검다리를 건너고 바윗돌을 짚어가며, 오르락내리락 이어지는 오솔길이 꼭 우리네 인생길 같다는 짝꿍의 말에 맞장구를 친다. 한생의 희로애락을 격의 없이 털어놓으며 걷는 재미도 쏠쏠하다. 풍광도 산야초의 풋풋함과 싱그러움도 피곤했던 몸과 마음에 보약을 보시한다. 요즈음 몸이 몹시 힘들고 무기력해져서 이젠 등산이나 여행도 힘들겠다는 불안감이 엄습했는데 선두를 따라가면서 참 용타고 나를 칭찬한다. 3등으로 완주를 했으니 우쭐해진 자신감과 함께 '자연 우리의 미래 파이팅!'이다.

연화교 옆 오솔길을 돌아 올라가 숲속 계곡물에 발을 담갔다. 데크로 놓은 다리 아래로 휘돌아 몰려오는 바람이 흘린 땀을 말끔히 걷어간다. 물이 얼마나 차가운지 발이 저리다. 미지근해진 물병을 계곡물에 담가 놓고 물가 바윗돌에 앉아 발장구도 치고 남은 과일도 나누면서 신선놀음이 따로 없다. 한참 만에 도착한 회원들의 얼굴엔 완주의 기쁨이 넘치고, 물에서 더위를 식힌 물병은 냉장고에서 꺼낸 것처럼 하얗게 서리를 이고 갈증을 풀어준다.

잘 익은 홍시처럼 진홍빛을 띤 해가 아쉬운 듯 숨바꼭질을 하며 숨차게 버스를 따라온다. 아름다운 자연을 품은 숲길을 걷고 즐기며, 건강도 챙기고 '5km 완주증'까지 받아 들으니 뿌듯함에 기쁨도 감사도 두 배로 넘쳐난다. '길 여행'을 추천해주신 선생님과 동료들, 자연과 함께 많은 것을 느끼며 완주한 숲길 나들이가 오래도록 좋은 기억으로 남을 것만 같다.

어버이날

덩그렇게 몸통만 줄지어 섰던 플라타너스에 움트기 시작한 새 순들이 하루가 다르게 자라남은 생명의 신비를 감탄하게 한다. 짙어가는 녹음과 다투어 피어나는 꽃들의 향연에 몸도 마음도 덩달아 환해지는 오월은 행사도 많다. 그중에서도 어린이날과 어버이날은 오월의 꽃이다.

힘들다 어렵다고 하지만, 부모님과 함께, 아이들을 데리고 나온 이들의 표정은 더없이 환하고 행복해 보인다. 따뜻하고 정겨운 미소, 오가는 말씨에는 감사와 사랑이 담뿍 담겼다. 우리도 딸이 예약했다는 맛집으로 길을 나섰다. 연휴 사흘을 단비로 단장한 오월은 싱그럽고 생동감이 넘친다.

도착한 곳은 대청호 주변의 아늑한 자락에 찻집을 겸한 아담한 식당이었다. 노약한 부모님을 모시고 곰살맞게 시중을 들며 담소를 나누는 한 가족이 눈길을 끈다. 서로에게 정성을 다하는 모습들이 참 포근하고 정겹다.

"아빠 엄마! 어버이날 축하합니다. 저희를 낳으시고 길러주셔서 감사합니다. 맛있게 드시고 건강하세요." 두 딸의 상큼하고 애교 있는 덕담이 기쁨과 즐거움을 더한다. "그래, 고맙다. 이게 다 사는 재미지!" 매우 흡족한 남편의 말에 "아부지, 선물도 있어요." 선물을 꺼내 보이며 활짝 웃는 딸들이 참 곱고 예쁘다. 오십이 넘었어도 항상 여린 딸들로만 보이는 내 눈은 아무래도 뚝눈인가 보다.

잔디밭 쉼터로 나왔다. 멀리 호수 가운데 둔치에 선 소나무 한 그루가 마치 그림처럼 아름답다. 손을 맞잡고 이야기꽃을 피우며 바람에 잔물결을 이루는 호숫가 소나무 숲 산책로를 걷는다. 맑고 신선한 풍광에 몸도 마음도 상쾌하다. 부러움 없이 감사하고 행복한 어버이 날이다.

친정 부모님을 모시고 상당산성 맛집에서 보낸 어버이날 생각이 난다. 나는 그날 처음으로 아버지의 노래를 들었다. 웃음을 띠고 흐뭇한 표정을 지으시고 '황성 옛터'를 부르시던 아버지의 담담하신 모습은 우리를 숙연하게 했다. 할머니와 홀어머니를 모시고, 딸 일곱에 아들 둘을 두신 대종손이신 부모님의 한생이 오롯이 느껴지던 그 날의 감성이 아련하다. 얼마나 힘드셨을까. 지난날들을 돌아보며 밀려오는 그리움에 하늘을 본다.

이튿날은 복지관에서 어버이날 행사가 열렸다. '어제보다 오늘 더 사랑합니다.'라는 펼침막이 정겹다. 시작 전 공연으로 단복을 맞춰 입고 아코디언을 안고 등장하는 멋진 단원들을 향한 우레같은 박수가 터졌다. 아코디언을 보면 난 아버지 생각이 난다. 만면에 웃음을 띠고 자신감 있게 코드를 짚어가며 늘였다 줄였다 하면서 연주하시는 멋스러운 모습은 자랑스럽고도 신기했다. 그러나 "나이가 드니까 힘이 들어. 이젠 무거워서 안 되겠다"라고 하시던 말씀은 나를 서럽게 했다. 아버지께서 들려주시던 노래가 선율을 타고 내게로 온다. 조용히 그리고 경쾌하게. 가슴이 뭉클하고 눈시울이 뜨거워진다.

"부모님, 사랑합니다. 건강하세요." 이젠 그 인사를 내가 받는다.

맛과 영양을 고루 갖춘 점심, 선물도 받고, 3층 체험장으로 갔다. 코끼리와 애기벌레가 그려진 작은 면 지갑을 꼼꼼히 색칠하며 그림동화에 빠져든다. 공들여 색칠한 소지품 지갑은 나의 소중한 선물이 되었다.

포토샵에서는 "주름살은 빼고 멋지게 잘 찍어." 시끌벅적 폭소가 터진다. 구부정한 허리, 주름살이 깊어도, 면사포에, 꽃 달고, 마른나무에 물이 오른 듯, 모두가 '빛나는 청춘'이다. 건강하고 밝은 웃음은 모두를 행복하게 한다. 사랑하고 감사하며 서로를 위한 따뜻하고 고운 마음이 나래를 펴는 오월은 아름다운 달이다. '어르신'이라는 칭호가 부끄럽지 않도록 현명하고 지혜로운 노년을 보내자고 다짐하며 모두에게 감사의 마음을 전한다.

새롬이가 된 국보

고령자 면허갱신을 위한 교육을 받으라는 통지서를 받아 놓고 한 해를 그냥 보내게 되었다. 요즘 시대에 자동차 운전은 필수라는 남편의 권유로 면허시험에 도전하여 1종 면허를 취득했을 때의 기쁨은 세상을 다 얻은 듯했다.

"에미야, 운전은 하지 마라." 하신 어머님의 당부도 있었지만, 면허 취득을 하고 운전대를 잡은 것은 남편에게 몇 차례 연수를 받은 것이 전부였다. 때로는 신나게 맘껏 달려보고 싶은 유혹에 속앓이를 하다가도 멈춤이 주는 묘약은 감사였다. 교통이 편리하고 좋은 환경이라도 운전할 명목이 왜 없었을까. 적성검사를 할 때 외엔 30여 년이 훨씬 넘도록 빛을 보지 못한 장롱 면허증을 꺼내 들고 보니 아깝기도 하고 미안하기도 하다.

고령으로 불필요한 면허증을 소지한 이들이 면허증을 반납하고 교통비 혜택을 받았다면서 권유를 해도 미적이다가 12월 하순이 되었다. 쓸모가 있고 가치 있는 것이라도 필요하지 않은 것은 정리할 줄도 알아야 하건만, 애면글면 집착을 버리지 못하고 있는 것이 어디 운전면허증뿐일까. 마음을 다잡고 주민센터로 향하지만, 발걸음은 무겁기만 했다.

담당자의 안내에 따라 서류를 작성하고 면허증을 건네면서, 소용이 없는데도 섭섭하다는 내 말에 "그러시죠~~. 교통카드와 청주페이 중 어떤 걸로 드릴까요?" 위로하듯 부드러운 말씨가 고맙다. 나는 면허증 대신 청주페이를 받아들었다. 청주페이는 국보 제41호 용두사지 철당간 그림이 산뜻한 연초록 띠와 어울려 황금빛 마크를 받치고 있었다. 현장에 가야만 볼 수 있었던 국보를 이젠 수시로 꺼내 보며 답사도 하고, 가치가 있고 편리하게 쓸 수 있게 된 것이다. 철당간이 있는 광장은 흥덕사의 절터였고, 철당간은 절에서 깃발을 매달기 위해 철통으로 높게 만들어 세웠던 기둥이며 당간지주와 함께 원형이 거의 그대로 보존되어 있어서 보물로 가치를 더한다고 했다.

제작된 시기와 사유는 당시에 청주에 크게 유행했던 전염병 예방과 사후에 극락천도 기원을 담아 30개의 철통으로 주조하였으며, 세 번째 철통에 393자로 '維峻豊三年太歲壬戌三月二十九日鑄成(유준풍삼년태세임술삼월이십구일주성)' 즉, 광종 13년인 962년에 건립

되었다고 새겨져 있다. 홍수에 의한 재난으로 피해가 잦았던 청주의 풍수지리적 형국은 중심에 철당간을 높이 세우니, 마치 물 위에 배가 떠 있는 형상이라, 홍수의 재난을 막을 수 있었고 주성이라는 별칭도 갖게 되었단다. 국보를 품은 청주페이를 소지하게 된 것이 뿌듯하다. 집착의 굴레를 벗은 홀가분함이 섭섭함보다 훨씬 좋은 기분이다.

청주페이는 청주시가 발행하고, 대형 마트를 제외한 청주시 어디에서나 편리하게 쓸 수 있다고 했다. 운전이는 내 고장 역사와 전통을 홍보하면서 10%의 인센티브로, 소득공제율도 높은 일석이조의 혜택을 누리게 된 국보 41호인 새롬이가 되었다. 새롬이와 함께 하면 든든하다. 꺼내 들 때마다 기분이 좋다. 물건을 사거나 외식을 할 때나 앞장을 서고 "감사합니다"라는 인사를 받는다. 새롬이의 신나고 멋진 삶이 시작된 것이다.

'새롭게! 힘차게!' 새롬이와 함께 나누는 희망찬 구호다.

가을에

비 온 뒤의 하늘은 더욱 해맑고 푸르다. 바람결에 몸을 맡기고 구름이 그림을 그린다. 목화송이를 피우기도 하고 깃털을 펼치기도 하며 시시각각으로 변화되는 그림이 참 재미있다. 넋을 잃고 바라보다가 나도 너른 하늘에 꽃이며 나뭇잎, 하트랑 열매들, 웃는 얼굴도 그려보다가 집을 나선다.

즐비하게 늘어선 나무들이 저마다의 빛깔로 곱게 물들인 길이 아름다운 산책로다. 개울가 작은 다리를 건너니 주위에 활짝 핀 구절초 꽃무리가 나를 반긴다. 가을비에 더욱 산뜻해진 청초함은 '가을 여인'이라는 꽃말이 참 잘 어울리는 것 같다. 꽃향기에 날아든 벌들의 날갯짓이 바쁘다. 구절초 꽃술이 꿀벌인지 꽃술인지 분간이 안 되는, 나눔이 아름다운 현장이다.

구절초꽃이 한창 필 무렵이면 난 할머니 생각이 난다. 할머니는 해마다 구절초를 구하여 가마솥에 안치고 장작불을 지펴 진하게 달이셨다. 그리고 배앓이로 고생하는 나에게 제일 먼저 한 대접을 떠서 먹이셨다. 하얀 꽃을 피운 구절초는 순하고 예쁘기만 한데 달인 물은 어찌 그리도 시커멓고, 엄청나게 쓴지, 정말로 먹기 싫었다. 여자는 몸이 따뜻해야 한다고 어여 눈 딱 감고 꿀꺽 마시라고 살살 달래시던 음성이 귓가를 맴돈다. 할머니는 수수밥을 지어 구절초를 달인 물과 엿기름을 넣고 삭혀 거르고 달여서 조청을 만드셨다. 구절초 조청은 반들반들 윤이 나는 항아리에 담아 대청마루 찬장 앞에 놓으시고 수시로 오가며 한 숟가락씩 떠먹게 하셨다. 그 어려운 일을 담담하게 정성들여 하셨던 깊은 사랑과 온화하신 미소는 가족 건강을 지킴이셨다.

구절초는 음력 9월 9일인 중양절에 채취한 것이 가장 약효가 좋다고 하는데, 9자가 겹친 날은 복이 들어오는 날이고, 그날 높은 산에 올라가 국화차나 국화주를 마시면 재난을 면할 수 있다는 전설이 있어서 선물을 하기도 한단다. 산 위 정자에 앉아 여유롭게 주거니 받거니 담소를 나누는 정겨운 모습은 생각만 해도 멋지고 신선이 된 느낌이다.

구절초는 독성이 없어서 삶아 먹거나 조청을 만들어 먹으면 소화가 잘되어 식욕을 촉진하고, 배앓이에 좋다고 한다. 부인병에 탁월한 효능이 있고 손발이 차갑거나 저릴 때, 중풍, 신경통에도 효과가 있고 꽃을 말려서 술을 적당히 넣어 한 달이 지나면 국향을 지닌 강장제가 된다고 하니, 만병통치약이다.

고운 빛깔로 물들인 단풍들이 오색길을 열고 열매가 아름다운 계절이다. 은빛 억새의 손사래가 정겹고, 우거진 갈대숲, 향긋한 들꽃 길도 좋다. 눈부시게 파란 하늘, 청량한 바람에 마음을 씻으며 천천히 걷는다.

오색낙엽의 비상이 아름답기도 하지만 스산하고 허전함도 가을이 주는 매력이다. 원숙한 한 해의 열정을 온전히 맡기고 떠날 수 있는 한생은 뿌듯하고 멋지지 않은가. 수고의 보람이 열매를 맺으니 베풀고 여유가 생기는 때도 가을이다. 나는 어떤 가을인가. 마음을 추스르며 상념에 잠긴다. 마음껏 사랑하고 감사하며, 따뜻하고 소중한 인연을 가슴에 남겨주는 마무리를 할 수 있었으면 좋겠다. 청량한 기운과 하늘빛이 아름다운 가을을 닮고 싶다.

제5부
생명의 길에서

또렷하지는 않지만 아쉬움 없이 보고 느끼고 마음대로 다닐 수 있고, 하고 싶은 일을 하며 살고 있지 않은가. 지치고 상처받은 아픈 눈이다. 창피하고 마뜩잖아 야속하기만 했을 뿐, 한 번도 '고맙다. 미안하다.' 따뜻한 말 한 마디 건네지 않은 나다.

- 〈나의 눈〉 중에서

나의 눈

맑고 고운 눈은 보는 것만으로도 기쁨을 준다. 마주 보고 있으면, 상대방의 기분도 건강도 가늠할 수 있고 행동할 수 있으니, '몸과 마음의 등불'이라고도 하나보다. 항상 피로하고 물체가 겹쳐 보이는 내 눈은 날이 갈수록 자신감을 잃게 한다. 서럽지 않아도 손수건을 꺼내야 하고, 때로는 산과 들이 펼쳐지고 실개천이 흐르는 작품전시회가 열리기도 하는 명품 눈이다.

거울을 마주하고 가만히 들여다본다. 불꽃 같은 살점이 도드라져 혐오감도 들고 통증에 몸도 마음도 심란하다. 안경에 돋보기를 덧써봐도 울렁거리고 제대로 글을 읽을 수가 없으니 답답하다. 건강한 눈이 정말 부럽다.

담당 선생님은 눈의 상태가 좋지 않으므로 수술은 권하고 싶지 않다고 하시고, 홍채진단 의사는 화가 눈으로 몰렸다면서 한약 처방을 했다. 누군들 감당하기 힘든 고통과 어려움 없이 한생을 살아갈까. 옹졸함이 속앓이로 뭉친 화가 하필이면 왜 눈으로 다 몰렸을까. 불편하고 한심하다.

수술을 결심하고 추천받은 안과 전문병원을 찾아갔다. 눈이 불편한 사람이 많기도 하다. 한 시간이 넘도록 기다렸다가 검사를 시작하면서 초조하고 걱정도 태산이다. 결과는 각막이 너무 얇고 상처가 많아서 수술은 실명 위험이 따르고 이식을 해야 할 우려가 있다고 한다. 건강한 눈을 갖고 싶었던 간절함에도 실명이나 이식 우려가 있다는 결과는 두렵고 용기가 나지 않았다.

'그냥 볼 수 있는 만큼만 보자.' 포기하고 나니 오히려 마음이 편안해진다. 처방받은 대로 1층 안경점에서 안경을 맞춰 쓰고 밖으로 나왔다. 천천히 걷는다. 구름 한 점 없이 맑고 높은 하늘이다. 찬바람을 맞으며 한바탕 후련하게 달려보고 싶다. 아이들과 눈을 맞추며 동화책을 읽고, 전래놀이도 하고, 어르신들과 한글 수업을 하며 즐거웠던 날들을 하늘 가득 그려본다. 살포시 웃음이 번진다. 햇살이 눈 부시다.

'사흘만 볼 수 있다면……' 헬렌 켈러의 간절한 소원을 떠올리며 주눅 들고 불평하는 자신을 돌아본다. 또렷하지는 않지만 아쉬움 없이 보고 느끼고 마음대로 다닐 수 있고, 하고 싶은 일을 하며 살고 있지 않은가. 지치고 상처받은 아픈 눈이다. 창피하고 마뜩잖아 야속하기만 했을 뿐, 한 번도 '고맙다. 미안하다.' 따뜻한 말 한마디 건네지 않은 나다. 주르르 눈물이 볼을 타고 흘러내린다.

양손에 가득가득 맑은 물을 받아 몇 번이고 찰박찰박 눈을 씻으며 마음도 씻는다. 얼굴을 들고 거울을 본다. 물기를 머금고 시원해 보이는 눈길이 곱고 안쓰럽다. 안약을 넣고 눈을 깜박인다. 한결 부드럽고 편안하다. '미안해' 살며시 말을 건넨다. 비록 머틀거리고 불편해도 내게는 가장 소중하고 고마운 눈이다. 더 아프지 않고 건강하도록 지켜주자. 겸손하고 예쁜 마음으로 감사하며 건강하게 사는 거다. 작은 평화가 내 안에 나래를 편다.

군날개여 안녕

가족들의 권유로 서울에 있는 안과 전문병원에서 수술을 받기로 했다. 수많은 검사를 통해 받은 진단은 익상편과 백내장 난시 합병증이라고 했다. 군날개라고도 하는 익상편은, 상처가 많은 각막을 몸이 자가 치료로 안구의 안쪽 결막(흰자위) 섬유 혈관 조직이 특징적인 삼각형 모양으로 증식 침범하여, 각막이 눌리면서 눈의 움직임을 제한하므로, 난시와 사시 발생 우려가 있어서 수술이 꼭 필요한 상태라고 했다. 담당 의사는 권위 있는 여성 의사다. 각막 손상이 너무 많고 얇아서 까다롭지만, 일주일 간격으로 4회 정도 수술을 하고, 백내장은 경과를 보고 결정하자고 했다. 겁이 나서 엄두도 못 냈는데 자상하고 시원시원한 말씨가 기분 좋고 믿음이 갔다.

예약을 한 후 6개월 만이다. 환자복으로 갈아입고 딸과 나란히 대기실에 앉았다. 이름을 부르자 "엄마, 힘내시고 수술 잘하고 오세요~" 손을 꼬옥 잡고 나보다 더 긴장하는 눈치다. 어려울 때마다 항상 힘이 되어주는 고마운 큰딸이다. 너무 걱정하지 말라면서 수술대기실로 들어갔다. 간호사가 인도하는 침대에 누웠다. 위생 모자를 씌운 후 기본 처치를 하고 따뜻한 이불을 덮어주며 편안하게 기다리시란다.

내 차례다. 이동 침대에 누워 덜컹이며 수술실로 가면서 간절한 마음이 손을 모으게 한다. 쉽지 않아도 눈물이 나고, 겹쳐 보이고, 시고 머틀거리는 눈, 때때로 불꽃처럼 도드라진 살이 벌겋게 성난 눈은 사람들과 마주할 때마다 불편했고, 그럴 때마다 한달음에 큰 병원으로 달려가고 싶었던 나다. 몸이 자가 치료로 각막을 위해 지나치게 증식된 군날개가 벗겨지는 날이다.

마취제를 투여하고, 눈만 보이게 뚫린 면포로 얼굴을 가린다. 눈을 감고, 심신의 고통에서 벗어난다는 설렘과 긴장으로 엇갈린 마음을 다독인다. 의사와 간단한 인사를 나누고 지시에 따라 눈을 크게 떴다. 수많은 전조등의 강렬한 빛에 눈이 부시다. 아무것도 보이지 않는다. 거침없이 최대한으로 눈을 벌린다. 더럭 겁이 난다. 나도 모르게 수술대 받침을 꽉 잡고 힘이 들어간다.

"자아, 힘 빼시고, 머리 이쪽으로 돌리시고, 눈 크게 뜨시고, 째려보세요." '째려보세요'라는 빠르고 강한 어감이 겁먹었던 긴장을 웃음으로 둔갑시킨다. 자신감 있는 말씨, 자상한 설명과 가르침으로 이어지는 인턴들과의 대화, 수술을 마치고 들리는 "오케이!"라는 상큼한 성공 메시지에 '감사합니다'가 툭 튀어나온다. 가슴이 뛴다. '군날개여 안녕'이다.

5회에 걸친 수술로 익상편인 군날개를 완전히 제거하였다. 안경을 쓰지 않아도 작은 글씨며 아주 가는 머리카락까지 다 보인다. 신기하다. 진즉 수술을 할걸! 의술이 놀랍고 담당 의사가 존경스럽다. 감사하다. 환한 세상이다.

드물긴 하지만, 재발하면 수술이 안 되니 직사광선이 강한 곳이나 황사 철 먼지가 많고 바람이 부는 날은 반드시 보안경을 착용하여 눈을 보호하고 무리하지 말라고 단단히 주의를 받고도 어느새 또 책을 펼쳐 든다.

안경을 쓴 이들이 품위 있고 멋지게 보여서 은근히 부럽기도 했던 나다. 안경을 쓰면서 겪는 불편함은 건강한 눈이 얼마나 소중하고 큰 보배이며 축복인지를 깊이 깨닫게 했다. 눈의 반 이상을 침범했다는 백내장 수술을 위해 반복되는 검사와 영상을 통하여 보는 나의 눈은 아직도 미완성이다. 안과 검사도 약을 주입하고 특수 촬영을 해야 하고, 화면에 보이는 내 눈은 희끄무레 벌겋고 곡선으로 일그러져 제멋대로 흩어진 현란한 총천연색이다. 더 이상 좋아질 수는 없어도, 초점이 제대로 맞지 않는 난시에, 깔끔하고 동그란 눈동자가 아니어도 볼 수 있음이 감사하고 나를 사랑하는 가족이 있어 행복한 오늘이다. 안약을 넣고 거울 앞에 앉았다. '볼 수 있게 해 주십시오.' 간절했던 나의 기도가 떠오른다. 나는 누군가의 눈을 가리는 군날개가 되지는 않았을까. 지나침은 모자람만 못하다고 했다. 비우고 사랑하며 편안함을 주는 겸손하고 지혜로운 삶을 다짐하며 다소곳이 기도 손을 모은다.

촛불을 켜고

어머니가 그리운 날이면 촛불을 켜고 싶다. 나는 철없는 딸이었다. 속내를 드러내지도 않고 무심하게만 보이는 어머니가 야속하여 불평불만이 많았다. 얼마나 걱정이 되셨으면 혼수를 장만하시면서 내게 좋은 촛대를 꼭 사주고 싶다고 하셨을까. 불현듯 어머니의 촛대에 촛불을 밝히고 싶었다.

첫날밤을 밝혔던 촛대를 꺼내 닦아 선홍빛 초를 꽂고 불을 댕겼다. 백합꽃을 좋아하셨던 어머니의 온화한 미소가 어른거리고 "잘 살아라" 하시던 음성이 귓가를 맴돈다.

결혼식을 하고 바로 시댁으로 들어가 폐백을 올리고 새댁 노릇으로 하루를 보내고 처음으로 생긴 내 방문을 열고 들어섰다. 자그마한 화장대 위에 선 삼단 은빛 촛대에 꽂힌 선홍빛 촛불이 방안을 환하게 밝히고 있었다. "어서 오렴. 힘들었지!" 나는 그만 '어머니!'하고 털썩 주저앉았다. 멍하니 촛불을 바라보며 흐르는 눈물을 감당할 수가 없었다. "시집가면 친정에 올 생각을 하지 말아라" 하시던 말씀이 서럽고 야속했다.

어머니는 내게 집안의 빛이 되라고 딸의 신방을 촛불로 밝혀주고 싶으셨나 보다. 촛불은 소원을 담고 근심 걱정을 해소하며 축하와 행운의 뜻이 있다고 했다. 모두가 잠든 이 밤, 어머니는 지금 무얼 하고 계실까. 손을 모으고 기도를 하실까. 딸 걱정에 잠 못 이루고 뒤척이고 계실까. 신혼의 달콤한 꿈에 빠진 큰딸의 첫날밤을 상상하며 행복해하실까.

단정하고 흐트러짐이 없으신 어머니는 짧은 옛이야기나 속담, 수수께끼를 즐겨 들려주시는 지혜로움으로 우리를 가르치셨다. 딸이 많으니 항상 조심스럽고 걱정스러움에 노심초사하신 속 깊은 어머니의 사랑을 어찌 다 헤아릴 수가 있을까. 어머니의 하루는 항상 기도로 여셨다.

너희도 아버지 같은 신랑을 만나면 좋겠다고 늘 말씀하시던 어머니, 금실이 좋으신 부모님의 모습은 우리 모두를 행복하게 했다. 아버지께서 갑자기 심장마비로 소천하시자 어머니는 건강을 잃고 외롭고 허약한 심신의 고통으로 병원을 전전하며 10여 년을 고생하셨다. 집은 허술해도 병원이 가깝고 교통도 편리하여 편해하시는 어머니를 모셨지만, 겨울이 오면 외풍이 심한 허름한

집이라 새로 짓기 전까지 여건이 좋은 인천의 여동생이 모시기로 했다.

어머니를 배웅하고 돌아와 나는 그만 터지는 울음을 참을 수가 없었다. 전화 받침 아래 살짝 넣어두고 가신 하얀 봉투, '집 잘 짓고 너의 내외 만수무강하여라. 엄마 두 손 모아 빈다.' 가슴이 뭉클했다. "어머니!" 송수기를 들고 울먹이는 내게 "나는 좋기만 한데 애처럼 왜 울어. 돈은 필요한 사람이 쓰는 거여. 난 이제 돈이 소용없어. 울지 말아" 다독이며 어루시는 모정이 나를 더욱 슬프게 했다.

새집을 마련했을 때 어머니는 "참 잘했다. 축하한다."라는 말씀뿐 오실 수가 없었다. 위독하시다는 전화에 달려간 병실에서 어머니는 산소 마스크를 쓰신 얼굴에, 얼굴을 맞대고 "엄마아!~~"를 불러봐도 대답이 없으시다. 자애로우신 눈빛을 단 한 번만이라도 뵈었으면 원이 없을 것만 같았다. "외롭다. 사람이 그립다. 너의 집에 가고 싶다" 하시던 말씀이 귀에 쟁쟁하다. 마음을 진정하고 어머니 가슴에 손을 얹고 흐느끼며 좋아하시던 성가를 조용히 부르던 날이 회상된다.

죽음은 누구에게나 피할 수 없는 길이다. 장례미사와 촛불 고별예식으로 어머니가 하늘나라에서 참 평화와 행복을 누리시기를 간절히 기도할 수밖에는 없었다. 한생의 무거운 짐을 벗어놓고 불길을 따라 하늘로 오르시는 어머니의 초연한 모습이 서러움보다 편안함으로 다가왔다.

촛불은 어머니의 기도를 담았나 보다. 어려움도 근심 걱정도 잊게 하는 치유의 신비가 나를 다독인다. 어머니와 함께하던 말놀이며, 윷놀이, 전통 꽃 맞추기로 환하게 웃으며 즐거워하시던 고우신 모습이 불빛에 어른거린다.

"어머니! 어머니처럼 기도하고 사랑하고 보듬으며 잘 살겠습니다. 하느님 나라에서 참 평화와 영원한 복락을 끝없이 누리소서." 가만히 손을 모은다.

생명의 길에서

태어남은 기쁨이고 축복입니다. 한 가정에 희망을 안겨주는 찬란한 빛입니다. 서로 다른 환경에서 자란 만남이지만, 진실한 사랑으로 맺어져 만인의 축복을 받으며 이룬 가정에 태어난 새 생명은 존귀한 보배입니다. 부모로의 책임과 극복해야 할 숱한 어려움이 힘겹고 녹록지 않지만, 역경을 이겨내며 함께하는 삶은 아름답습니다. 세상에서 '가장 소중하고 귀한 나'라는 자존감과 사랑으로 세상에 태어난 예쁜 아가를 품에 안고 눈을 맞추는 기쁨은 감사와 희망, 행복을 피워올리며 삶을 풍요롭게 합니다.

'대중문화 속에 드러난 왜곡된 성문화'라는 주제로 강의를 들었습니다. 영상을 보면서 즐거움과 호기심에 자신도 모르게 빠져들게 되는 대중매체의 위력은 놀랍기만 했습니다. 중학생 손녀를

둔 저는 눈에 넣어도 아프지 않을 만큼 사랑스럽고 예쁜 아이들이 순간적인 잘못으로 환락과 유혹의 늪에서 겪게 되는 끔찍한 일이 얼마나 섬뜩하고 가슴 아픈 일인지 경악을 금할 수가 없었습니다.

18세 이하의 미혼모들이 3세 이하의 아기를 키우는 가구가 18만여 명이라는 엄청난 사실, 15명 중 1명이 낙태의 경험이 있고, 성년의 날에 가까운 7월 중순쯤에 낙태가 가장 많다는 산부인과의 통계, 성을 즐기는 문화로 받아들이고, 통상적인 연애 과정에 성관계가 포함된다는 설명은 기가 막혔고 서글픔을 몰고 왔습니다. 거칠고 왜곡된 언어나 현란한 화면에 익숙해진, 두려움을 모르는 모방의 난폭함도 거침이 없습니다.

뮤지컬 '삼신할머니와 일곱 아이들'에서 "싫어 싫어 난 여기서 안 나갈거야, 세상은 너무너무 무서워"라고 절규하던 태아의 애처로운 모습이 떠오릅니다. '여성의 몸은 신비합니다. 기적이 일어나는 소중한 공간입니다. 생명의 신성함과 정결의 가치를 일깨워주는 정확하고 바른 지식을 가지고 선한 가치를 내면화할 때 욕망을 따라가지 않는다는 사실을 기억하십시오.'

강의 내용을 되새기며 생각에 잠깁니다.

하느님의 고귀한 선물인 생명의 길에서 무엇이 먼저인지, 누구의 책임인지 돌아보지 않을 수 없는 현실이 안타깝습니다. 쾌락과 이기적인 풍조, 만능주의가 사회를 붕괴시키고, 생활고로, 맞

벌이로, 배려와 관심이 소홀함도 문제가 있다지만, 기본이 바로 선 사고思考와 지혜로움이 무엇보다도 중요한 과제라는 생각이 듭니다.

성탄 시기가 오면 온 세상은 축하의 분위기로 환호합니다. 어릴 적 고향마을에는 외국인 신부님이 오시고 미사와 잔치로 축제가 열렸습니다. 아이들의 해맑은 얼굴엔 기쁨이 가득했습니다. 비좁은 방에 옹기종기 모여앉아 서로를 챙기며 웃음꽃을 피웠던 날들이 그립습니다. 주님의 탄생을 축하하며 생명이 존중되고 기쁨과 평화가 넘치는 아름다운 세상, 참된 사랑으로 하나 되는 건강한 사회가 되기를 소망해봅니다.

손자에게

율아! 교복을 입고 활짝 웃고 있는 너의 사진을 보니 대견스럽고 뿌듯하구나. 너를 만나러 눈길을 달려가던 때가 엊그제 같은데 어느새 중학생이 되었네. 할미가 도착하자마자 마치 기다리기나 한 듯 태어난 너를, 처음으로 품에 안았을 때 할미는 온 세상을 다 얻은 듯 기쁘고, 감사하고 행복했단다.

물기도 마르지 않은 젖은 머리에 살짝 혀를 내밀고, 빤히 바라보는 네 사진을 꺼내 볼 때마다 할미는 신기하고 귀여워서 웃음을 참을 수가 없었지.

네가 태어나던 날 아빠 엄마의 기쁨과 감사의 모습은 온 가족을 행복하게 했단다. 너는 우리의 귀하고 사랑스러운 보배란다. 아빠는 기쁜 소식을 알리느라 신바람이 났지. 부전자전이라 했던

가. 그 모습이 할아버지를 똑 닮았더구나. 고모 넷을 낳고 아빠가 태어났으니 할아버지의 기쁨도 짐작이 되지?

요즈음은 딸이 좋다고 하지만 옛날에는 안 그랬거든. 딸은 아무리 똑똑해도 족보에 오르지 못하고 세간 밑천이라 했을 뿐, 태어나는 순간부터 섭섭했지만, 아들은 대를 잇는 집안의 든든한 기둥이고 희망이었으니 동네 경사였다.

아기가 태어난 지 백일이면 위험한 시기를 무탈하게 잘 넘겼다고 기뻐하며 백설기와 수수팥떡, 인절미를 많이 해서 백 사람이 먹어야 좋다고 집집마다 돌렸단다. 골고루 몇 개씩 담아 보낸 백일 떡 접시에는 무명실 한 타래와 아기가 건강하게 무병장수 하기를 바란다는 백 사람의 마음이 담겨 오는 거야.

환경과 문화 식생활의 변천은 떡을 별로 좋아하지 않지만, 할미는 너의 백일, 돌떡을 빼놓을 수가 없었지. 우리 가정에 태어난 네가 고맙고 소중하기에 함께 기뻐하고 축하하며 건강하게 잘 자라기를 바라는 마음이 컸으니까.

사는 곳이 다르고 너희를 도와줄 수도 없는 할미의 걱정을, 가까이 사시며 너희를 기쁘게 돌보시고 편안하게 해주신 외가 조부모님의 고마움을 어찌 말로 다 할까. 아빠 엄마도 마음 놓고 직장생활을 하고, 구김살 없이 해맑고 건강한 너를 볼 때마다 그 은덕은 평생을 갚아도 다 못할 것만 같다. 감사 인사를 할 때면, 오히려 너희가 있어서 집안에 웃음꽃이 피고 사는 맛이 난다며 우리 집 복덩이라고, 저희가 더 감사하다고 하시니 할미에겐 하늘만큼 땅만큼이나 고마운 분들이시다.

이제 우리 율이는 멋진 중학생이 되었고 할미는 여든이 되었구나. 돌아보니 세월이 참 빠르다는 생각이 든다. 무엇으로 손자에게 기쁨과 보람을 줄 수 있을까. 가장 좋은 것을 주고 싶은 내 마음을 알까? 가만히 앉아 생각에 잠긴다. 문득 어릴 적 할머니께서 두 손으로 어깨를 감싸 안으시고 들려주시던 노래가 떠오르는구나 '달궁 달궁, 불아 불아, 부모에게 효자동이, 동기간에 우애 동이…' 너랑 나랑은 한 번도 해본 적이 없는 놀이지? 나보다 훨씬 큰 너를 안고 하는 상상을 해본다. 율아, 사랑한다. 항상 지금처럼 밝고 건강하게 자라서 좋은 꿈을 펼치거라. 이제 내가 할 수 있는 건 너희를 위한 기도뿐인 것 같구나. 늘 사랑으로 베풀며 감사하는 행복한 율이가 되어라.

다소곳이 손을 모으고 간절한 마음으로 주님의 기도를 바친다. '저희를 유혹에 빠지지 않게 하시고 악에서 구하소서.' 아멘

삶을 돌아보며

모처럼 사진첩을 꺼내 정리하기로 했다. 참 많기도 하다. 내 한 생을 살아온 나날들이 고스란히 담겨 있는 사진들을 보며 시간 가는 줄을 모른다. 어머니가 손수 떠서 입힌 백일 옷과 예쁜 모자를 쓰고 천진하게 앉아 바라보고 있는 나의 60일, 백일 사진, 내 다섯 아이들의 자라는 모습, 부모 형제, 가족, 일가친척, 많고 많은 행사……, 혈연보다 가까이 지내며 고락을 함께했던 이웃과 은인들, 그들의 사랑과 관심이 삶의 버팀목이 되었음에도 까맣게 잊고 살았던 이들이 눈길을 끌고 있다. 활짝 웃고 있지만, 세상을 떠나신 분들, 소식이 끊긴 이들을 하나하나 짚어가며 그리움이 밀물처럼 밀려온다.

나이가 들면서 갑자기 세상을 떠나는 이들이 늘어감에 따라 언제 다가올지 모를 그날을 생각하면 오늘이 있음을 감사하게 된다. 죽음은 모든 것을 벗어나 가장 순수함으로 돌아가는 변화의 길이다. 빈손으로 떠나면서 미련도 없고, 거부하는 이도 없다. 당연히 가는 길이라고 고마웠다면서 평온하게 가신 분들의 모습이 생생하다. 나도 그렇게 편안하게 감사하면서 가고 싶다.

드르릉 코를 골며 잠든 남편의 얼굴을 보니 옛 생각이 난다. 술이 곤드레가 되어 들어온 남편을 눕히고, 약을 사러 나갔다. 자정이 가까우니 약국마다 문을 닫아 간신히 약을 사 들고 와서 출입문을 열다가 나는 그만 비명을 지르고야 말았다. 커튼 사이로 눈만 빼꼼히 내놓고 밖을 응시하고 있는 사람, 그는 남편이었다. 사색이 되어 쓰러지며 털썩 주저앉아 떨고 있는 나를 부축하며 "하도 오지 않아서 잠든 사이에 집을 나간 줄 알았다."라고 했다. 나는 아무리 힘들고 어려워도, 절대로 집을 나가지 않을 것이라면서 울먹였다.

참으로 힘들고 어려운 나날이었다. "침 한번 꿀꺽 삼키고 크게 숨 한번 쉬어봐. 하루를 참으면 열흘이 편하다."라고 하시던 어머니의 말씀은 나의 좌우명이 되었고 오늘을 있게 한 지혜의 산실이 되었다. 당신을 만나서 행복했다는 남편을 물끄러미 바라본다. 가끔 숨이 멎었다가 한꺼번에 토해내는 앓는 소리가 가슴을 아프게 한다. 집안의 대소사와 가장의 짐을 짊어지고 힘겹게 살아온 주름진 얼굴이 눈시울을 뜨겁게 한다. 받은 재산은 없지만 건강한 몸이 있기에 성실하게 살아왔고, 서로를 믿고 존중하며 그리도 듣고 싶었던 말 '사랑해요, 고마워요. 수고했어요'가 이젠 일상의 언어가 되었다.

신앙 안에서 말씀을 되새기고 언행일치를 생활화하면서, 겸허하고 신중하게 다져온 삶은 신뢰를 쌓게 되었고, 고비마다 늘 함께하시는 주님의 은혜에 감사하게 되었다. 젊음은 풋과일같이 싱그럽지만, 완숙의 깊은 맛은 숙성됨에서 오게 마련이다. '고생 끝에 낙이 온다.' 하지 않던가. 어떤 어려움과 고난에도 굽힐 줄 모르는 강인함과 긍정적인 사고로 오늘을 있게 한 남편이 고맙고 든든하다. 그날이 오면, 그동안 행복했다고 감사했다고 환하게 웃으며 떠날 수 있었으면 참 좋겠다는 바람으로 나는 또 손을 모은다.

'하루를 기쁜 마음으로 시작하고 사랑하면서 감사하는 삶을 살게 하소서.'

묘소 이장하던 날

겨울인데도 포근하고 바람도 잦아 참 좋은 날씨다. 시부모님을 고향마을이 내려다보이는 높은 산에 모셨다가 천주교 요셉공원 묘지로 이장을 하는 날이다. 어머님 장례를 모시던 날 나는, 앞이 탁 트여 시원하고, 평생을 보내신 마을을 한눈에 내려다보시니 참 좋으시겠다고 했다. 금초를 할 때나 명절이면 동기간들과 성묘를 하면서, 휴양림을 찾아갈 필요도 없고 신선한 바람을 쐬면서 산나물도 뜯고 밤도 줍고 등산도 하니 좋다고도 했다. 그런데 이십여 년이 지나고 몸도 마음도 약해지게 되니 생각이 달라진 것이다.

자녀들은 직장을 따라 대처로 나가고 해마다 해야 하는 벌초와 우거진 숲에 길을 내며 숨차게 오르는 가풀막진 오르막 산길이 힘들기 시작한 것이다. 따라서 차츰 성묘도 어렵게 되니 먼 훗날 누가 관리를 하겠는가.

요셉공원은 가톨릭 신자들의 묘지로 해마다 11월 2일이면 교구 행사로 위령미사가 거행된다. 성당 앞 너른 마당에서 미사를 드리고, 부모 형제 친인척의 묘소를 찾아 참배하며 친교를 나누고, 신자들이 선호하는 곳이다.

그런데 성당 앞으로 펼쳐진 양지바른 평지로 부모님을 모실 수 있게 되어 서둘러 밀례를 하게 되었다. 남편은 이른 아침에 형님과 일하는 사람들을 만나 산소로 가고 나는 시부모님을 위한 위령미사를 봉헌하였다. 미사 후 큰 시누이님과 수녀인 막내 시누이를 만나 생질의 차로 요셉공원으로 향했다.

삶과 죽음은 참으로 하늘과 땅 차이인 것 같다. 두 분의 영혼은 하느님 나라에서 영복을 누리며 살고 계시지만, 뼈만 남은 시신은 칠성판 위에서 삼베로 싸인 채 물체가 되어 아들과 손자들 어깨 위에 올려졌다. 침묵 가운데 천천히 뒤를 따라가면서 섬성그르고 서글픈 마음은 한없이 착잡하기만 했다. 하관 예절에 따라 안장을 지켜보면서 고인을 위한 기도를 드린다.

파묘를 하고 보니 나무뿌리가 시신을 침범하고 다람쥐가 집을 짓고 있어서 놀랍기도 하고 죄송했다는 남편의 말에 이장하기를 참 잘했다고 입을 모은다. 12단지 B-220번지, 우리와 한 단지에 모시게 되었다. 기도로 예를 갖추고 정성을 다해 모시는 관리소장님의 모습이 감사하고 숙연하게 한다.

잠시도 묵주를 놓지 않으셨던 어머님을 생각하며 특별히 크게 제작해 모셨던 성모상 앞에서 다 함께 기도를 바친다. 묵주를 들고 눈, 비, 바람 다 겪으며 손을 모으고 이 십여 년을 서 있던 성모상이다. 일 년에 서너 번 가서 닦을 뿐이었으니 벗겨지고 때 묻은 모습이 민망하고 죄스러워 살며시 안아보고 발길을 돌린다.

부모님을 요셉공원으로 모시고, 개운하고 참 좋다는 남편에게 어머님이 참 심심하셨나보다고 말을 건넨다. "왜?"라고 묻는다. "심심하시니까 어머님이 나도 '쥐띠'라면서 다람쥐들에게 와서 살라고 하신 것 같은데!"라며 웃는다.

다람쥐들이 어떻게 집을 지었더냐고 슬쩍 물어본다. 나뭇잎을 깔고 잣이랑 밤이랑 물어다 놓고 큼지막하게 잘 지어 놓았더란다. 착하신 분이 소나무는 몸을 주어 자라게 하시고 다람쥐에게는 겨우내 살 집을 허락하셨나 보다.

이젠 성당을 향한 양지바른 공원에 계시니 생전에 그토록 열심히 바치시던 기도를 또 시작하고 계시겠지! 위령의 날이면 모여든 교구의 교우들과 미사를 올리시고, 다정했던 분들도 많이 계신 곳이니 외롭지 않으실 것 같다.

관리와 벌초 걱정도 없고, 교통도 편리하고 자리도 좋아서 자자손손 힘들지 않게 성묘를 다녀갈 수 있게 되었으니 서둘러 강행한 행사에 보람도 크다.

하느님의 크신 은혜에 감사와 찬미를 드리며 기도 손을 모은다. 일기예보대로 오늘 밤엔 흰 눈이 내려 깨끗한 이불을 포근하게 덮어 드렸으면 좋겠다.

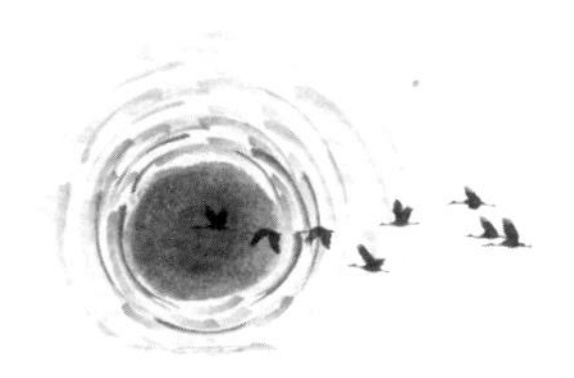

단양, 그 아름다운 땅

'단양 그 아름다운 땅'이라는 명제로 여행을 떠났다. 처음 도착한 곳은 남한강 상류 한가운데 세 개의 큰 바위 봉우리가 섬처럼 떠 있어서 섬이 있는 호수라는 이름이 붙여진 '도담삼봉(명승 제44호)'이다.

맑고 푸른 강물 한가운데 기암으로 어우러진 섬이다. 잔잔한 물에 마주 비친 삼봉의 또렷한 물그림자가 비길데 없이 신비하고 아름답다. 멀리 보이는 도담 마을과 들판, 병풍처럼 둘러친 산세가 평화롭고 편안하게 느껴진다. 청량한 강바람에 몸도 마음도 씻고 고요해지는 심성은 시간 가는 줄을 모른다.

이곳은 조선의 개국공신인 정도전이 젊은 시절을 보내고, 빼어난 경치에 반해 장군봉 중간쯤에 정자를 지어 '三嶋亭삼도정'이라

하고, 자신의 호를 '삼봉'으로 지었다니 더 이상 무슨 설명이 필요한가. 심신이 피로할 때면 찾아와 풍월을 읊으며 마음을 달래고, 새로운 힘을 얻어 평화를 누릴 수 있는 도량이 부럽다. 남한강을 따라 데크로 이어진 벼랑에 선반처럼 매단 잔도길로 들어섰다. 만학천봉 절벽 아래로 너른 바다처럼 펼쳐지는 강물이 마중을 한다. 강바람이 시원하다. 수면 위 높이가 약 20m, 폭 2m, 총 길이가 1.2km라고 했다. 수면 가까운 곳을 걸을 때면 긴장과 쾌감에 즐거움도 더한다. 조용히 흐르는 음악은 사색의 문을 열고, 연등 곁에 '느림보 강물' 명칭이 정겹고 친근하다. 그냥 걷는다. 혼자서 말없이 걸어도 지루하지 않다.

자연경관이 수려하고 문물이 번성하여 많은 유적을 가졌던 마을이 충주댐 건설로 인해 수몰된 지역의 문화재를 원형대로 복원한 청풍문화재단지로 향했다. 해설자를 따라 고려 때 관아의 연회장소로 건축되었다는 한벽루와 석조여래입상, 금남루 팔영루 응청각 청풍향교, 보물과 문화재, 수많은 유물 등, 선조들의 발자취를 돌아보며 고택의 사립문을 들어서자 영락없는 친정집 안채를 만나게 되었다. 비록 좁은 마당에 사랑채는 없어도 고향집을 닮은 구조가 가슴을 설레게 했다. 안뜰이며 부엌, 툇마루에 이은 대청이며 지청, 건넌방에 이은 토광이며 편자 마루, 뒤꼍을 한 바퀴를 돌아 나오며 그리움보다 그때로 돌아가고 싶지 않은 건 문명의 혜택에 맛 들여진 빗나간 사고일까!

만천하 스카이워크로 향했다. 전망의 길이는 15m, 폭은 2m라고 한다. 2017년 개장 이후 관광객이 350만 이상이나 찾았다는 곳이다. 전망대는 엄두가 나지 않았지만 도전하기로 했다. 데크로 된 길은 사방의 경치를 감상하며 올라가기에 어려움이 없었다. 밤꽃을 닮은 도토리꽃들이 하늘거리며 우리를 반긴다. 빙글빙글 하늘길을 오르며 사방의 비경을 바라보는 재미가 일품이다. 어떻게 이 길을 설계 시공했을까. 과학의 위대함과 지혜로움에 경탄을 금할 수가 없다. 포기하지 않은 나를 칭찬하며 발걸음에 힘을 싣는다. 전망대 바닥은 고강도 유리판이다. 사방으로 펼쳐진 산세와 남한강의 물길을 품은 단양을 한눈에 바라보며 상상을 초월한 대자연의 신비에 가슴이 뛴다. 어지럼증도 잊고 성취감에 들뜬 마음은 새처럼 날아 보고 싶다는 철부지가 되었다.

옛 고을의 고즈넉함은 다양한 시설과 교통망으로 상업화되었지만 수려한 천혜의 보물을 품은 땅을 기름지게 하며 유유히 흐르는 느림보 강물은 성마름도 서두름도 없다. 내어주고 품어주는 여유가 단양을 더 아름답고 평화롭게 하는 것만 같다. 어울림은 풍요롭고 아름다움을 탄생시키는 가장 큰 비결이라는 생각이 든다.

단양의 아름다운 절경과 자연, 유적들을 감상하며 의미있게 보낸 문학기행이 오래도록 기억에 남을 것만 같다. 다음엔 가족들과 함께 다시 와보고 싶은 곳 단양이다.

달밤에

소나기가 무더위를 쫓은 밤하늘이 쾌청하다. 은실처럼 퍼지는 달빛에 마음을 빼앗기고 천천히 길을 걷는다. 간드러지게 걸린 초나흘 달이 신비롭게만 보이는 건 청량감을 주는 달빛을 닮고 싶어서일까!

달 노래를 흥얼거리며 동심의 나래를 편다. 잔잔한 호수에 쪽배를 타고 있는 감성에 '은파'의 음률이 달빛을 타고 내린다. 군산에서 보낸 추석날 생각이 난다. 숙소에서 가까운 은파호수로 달구경을 나섰다. 강바람이 시원하다. 데크 길을 따라 늘어선 오색불빛을 품은 호수가 환상적이다. 동산 위로 떠 오르기 시작한 달은 알진 거리는 검은 구름을 붉게 물들이고, 호수로 달빛길을 열었다. 100년 만에 보는 큰 달이라고 했다. 호기심에 설렘도 크다. 금방이라도 아름다운 선녀들이 날개옷을 펼치고 내려올 것만 같은 신비로운 밤이다. 달이 뜨는 순간을 기다리는 마음에 잡념은 들어설 자리가 없다. 기다림은 순수함이다. 무아의 경지에 이르게 한다. 둥실 떠오른 달은, 은은하고 고운 자태로 온 누리를 밝히며 설레던 가슴을 평온하고 차분하게 했다. 모두가 행복하기를! 말없이 바라보고만 있어도 소원이 다 이루어질 것만 같다. 구름은 걷히고 어둠은 사라졌다. 가슴을 활짝 열고 밝은 빛을 맞아들인다. 달이 된 기분이다. 백년 만이든 아니든 추석 달의 의미는 풍요와 감사함이다.

'애들아, 나오너라 달따러가자. 장대 들고 망태 메고 뒷동산으로……♬♪' 아이들의 노랫소리가 들리는 듯하다. 초등학교 3학년 음악 시간에 선생님은 이 노래를 가르쳐주시고 집에 가서 무용을 꾸며보라고 하셨다.

나는 학교 선생님이신 삼촌에게 어설픈 동작을 보이며 도와달라고 응석을 부렸다. "그래, 우리 한번 같이해 볼까." 선선한 대답에 어깨춤이 절로 나왔다. 뒷동산에 올라가 무등을 타고 장대로 달을 따서 망태에 담는 놀이가 여간 재미나는 것이 아니다. 밤이면 불을 못 켜서 바느질도 못 한다는 순이 엄마 방에 달을 달아 드리자는 윤석중 선생님의 따뜻하고 정감 있는 노랫말이 참 좋다. 달을 보면 삼촌이 생각나고 이 노래를 부르게 된다.

나는 삼촌의 사랑을 가장 많이 받으며 자랐다. 탁월한 재능과

통솔력, 인자하신 성품은 항상 칭찬과 배려를 아끼지 않으셨다. 검정 고무신밖에 모르던 나에게 처음으로 운동화를 사주신 분, 방학이면 자전거를 태워주시고 '신라의 달밤, 사랑이 메아리칠 때, 콰이강의 다리 ……' 등, 부드럽고 감미로운 목소리로, 경쾌한 휘파람으로 부르시던 노랫소리가 사무치게 그리운 밤이다.

달은 신비한 이야기보따리다. 풀어놓으면 천진한 아이가 되게 한다. 호랑이도 곶감도 해와 달이 된 오누이도 나오고, 떡시루도 등장한다. 둥근달을 바라보며 사람들은 무슨 생각을 할까. 별도 없는 밤하늘에 혼자 떠 있어도 외로워 보이거나 처량해 보이지 않는다. 힘이 들어도 밝은 달을 바라보면 시름은 사라지고 빨려 들어가는 매력에 정화되는 기분은 나를 키운다.

달처럼 그렇게 조용히 온 세상을 고루 비추며 편안함을 주는 심성을 쌓을 수는 없을까. 로켓으로 우주를 오가는 시대지만 난 달나라의 계수나무와 옥토끼가 살고 있다는 순수한 꿈을 깨고 싶지 않다. 달은 선하고 아름다운 마음을 만나게 한다. 계수나무를 찍어내어 초가삼간 집을 지어 살고 싶어 하는 바램도. 가난한 순이 엄마 방에 등을 달아주자는 선함도 쪽배를 타고 하늘길을 달려보고도 싶다는 철없는 마음을 외면할 수도 없어서 달빛은 그리도 고운가 보다. 달처럼 고고하고 아름다운 품격을 지니고 싶은 밤이다.

여든에

화창한 날이다. 참으로 오랜만에 친정 동생들을 만나러 마중(식당이름)을 간다. 설렘도 즐거움도 동반을 한다. 동생들은 벌써 모두 와 있었다. 동생들이 준비한 떡 케이크 한가운데 하트형 분홍빛 초를 꽂고 불을 밝혔다. 손뼉을 치며 생일 축하 노래를 부르는 얼굴마다 웃음이 가득하다. 모두 환갑을 넘겼지만 하나같이 밝고 순수한 마음들이 스스럼없이 편안하고 화기애애하다.

"팔순을 축하드립니다. 한 말씀 하시지요. 아무것도 하지 말라 하셔서 이것만 가져왔습니다." 막내가 안겨주는 꽃다발을 받아 들고 활짝 웃으며 큰 목소리로 답례를 한다.

"고맙습니다. 오늘은 여든이 여덟 살 같다. 우리 백 세까지 건강하자."

"좋아요!" 박수와 환호가 터진다. 나는 동생들에게 주려고 준비한 작은 선물 상자를 꺼내 들었다. 손수건 세트다. 나는 땀을 많이 흘린다. 그러니까 내겐 손수건이 꼭 있어야 하는 필수품이다. 세상이 좋아져서 별로 소용이 없겠지만 내가 필요하고 좋아하는 것을 선물하고 싶었다. 모두들 와서 축하해 주어서 고맙다고 인사를 했다. 그리고 "오늘을 있게 해준 당신 고맙습니다." 남편을 살며시 안으며 덕분이라는 인사에 "아, 이 사람이 왜 또!" 당황하는 모습에 또 한바탕 우레같은 박수와 웃음꽃이 피었다. 우리는 아무것도 못 하게 하고 선물까지 주느냐면서 손수건을 꺼내 들고 좋아하는 동생들을 보니 흐뭇하다.

나는 9남매의 맏이다. 칠순엔 겸연쩍었던 감성이 여든인 오늘은 감사하고 나이가 서럽지 않다. 그래서 인생은 즐겁고 살만한 가치가 있다고 하나 보다.

동갑인 우리는 성당에서 결혼식을 하고 55년을 살면서 다섯 아이를 낳았다. 아이들은 성장하여 둥지를 틀고 손주가 다섯이다. 모두가 제 몫을 다하고 열심히 살고 있으니 그 또한 하느님의 크신 축복이다.

오붓하고 알찬 가족만의 축하 모임에 남편은 한생의 어려웠던 날들을 회상하면서 모두 잘 견뎌주어 고맙다며 눈물을 감추지 못하고 우리 모두를 숙연하게 했다. 휴가로 귀국한 딸 가족의 지극한 효성도 사위들의 감동적인 인사와 감사도 다투어서 하는 아이들의 장기자랑도 황금 같은 시간이었다.

온 가족이 기념사진 촬영으로 돌맞이 어린애가 되기도 하고, 형제와 조카들을 소모임으로 만나고 베풀며 허심탄회한 나눔 자리가 이어졌다. 베푸는 것만큼 뿌듯하고 기분 좋은 일은 없다. 약혼 10주년에 '사랑 만들기' 첫 번째 책을 글쓰기를 계속하면서 여든에 '생명의 길에서'를 내면서 보람도 크다. 나이를 먹는 것은 서럽기만 한 것이 아니다. 마음먹기에 달린 소중한 삶이다. 사랑하고 감사하며 건강하고 알차게 맞은 여든이 힘차게 발을 내딛는다.

이제 남은 생이 얼마나 될까. 건강 백 세를 외치면서 폭소를 터뜨린다. 모두가 사랑이고 감사한 삶이다. 쾌청한 하늘빛이 참 곱다.

작품해설

김홍은

〈생명의 길에서〉 수필집을 읽고

김홍은(충북대학교 명예교수)

권명자 수필가는 착실한 기독교 신자로 어릴 때부터 남다른 인성으로 어디를 가나 그 자리에 있는 듯 없는 듯 살아오는 사람이다. 천주교 주보에 수년간 글을 게재하면서 다져진 인품으로 아름다운 꽃보다는 향기로 주변을 즐겁게 가꾸는 분이다. 인자함으로 주변을 화목하게 만드는데 솔선수범하는 소유자이다.

삶의 이야기가 그대로 수필로 이어져 잔잔한 호수를 바라보거나 정다운 사람과 가족이 나들이를 함께 하는 기분이다. 문장과 문맥이 흐트러짐이 없고, 반듯하다. 올곧으며 개성이 담긴 인생을 아름다운 수필그릇에 담아 놓은 소박한 글이다.

〈생명의 길에서〉 수필집을 읽고 나면 마음이 편안해진다. 인생에 욕심을 부리거나 탐냄이 없고, 그렇다고 나태하거나 게으

르지 않은 묵언默言의 아내로, 인자한 어머니로 내 이웃을 사랑하는 수필로 인생이란 어떻게 살아야 하는가의 의미를 은연중에 일깨워주고 있다.

여유사덕女有四德을 지닌 인품은 마치 가을 하늘에 보름달이 높이 떠 있는 듯하고, 언행은 조용히 흐르는 은은한 여울물 소리 같고, 사랑의 베품도 왼손이 오른손을 모르게 동료들에게 조용히 기쁨을 나눠준다.

권명자 수필가는 말과 글이 같고 그의 삶이 곧, 수필이다. 종교로 다져진 예수님의 제자로 인생의 생활은 마을 앞에 서 있는 한 그루의 둥구나무라고나 할까. 오고 가는 사람마다 쉼터가 되고, 그늘이 되는 큰 느티나무다. 권명자 님의 수필집이 바로 그러하다.

〈생명의 길에서〉 수필집은 5부로 〈제1부 삶은 아름다운 것〉, 〈제2부 여름이 오면〉, 〈제3부 노년을 보내며〉, 〈제4부 만남〉, 〈제5부 생명의 길에서〉로 나누어져 있다. 수필 문장이 자연스럽고, 표현들이 소박하면서도 소박하게 읽혀간다.

1. 기도하는 마음

종교를 순종하는 사람들은 기도는 소원과 바람이 이루어질 것을 소망함을 담은이 일반적이다. 그러나 기도의 깊은 의미는 그런 것이 아니란다. 우리의 무력함과 연약함을 고백하고 하나님의 주권적인 능력과 뜻에 우리를 위탁함이란다. 화자는 주님의 기도문이 늘 생활에 함께하고 있다.

〈나의 손 그림을 보며〉의 글은, 모임에서 그림 수업을 하는 날 제목은 '나만의 기도'로 손을 그리게 되었다. 뭉툭하고 윤기 없이 주름진 손으로 다치고, 데이고, 못이 배겨도 쉴 틈 없이 움직여야 했던 고달픈 삶에 볼품없이 변해버린 손 그림이다. 그래도 마음은 새싹의 생명과 기쁨을 내 손에 가득 담고 싶었다는 그림이다.

안방에 들어서면 가장 먼저 눈에 뜨이는 것이 화자의 손 그림이다. 침대 머리맡에 걸어놓은 엉성한 손 그림은 수시로 자신을 가르치며 웃음 짓게 한다며, 손의 고마움을 담아냈다.

〈사랑한다는 건〉 수필은, 5월의 첫 주간은 생명의 참된 가치를 되새기게 하는 생명 주일이다. 화자는 큰 시누이님과 꽃 마중을 나갔다. 연세가 많으셔서 마음대로 활동하시기가 어려우나 목욕탕에 모시고 가서 목욕도 하고, 좋아하시는 맛집도 들렀다가, 야외서 일광욕도 하고 대화를 나눈 이야기다. 지난날 넘치는 사랑을 받고도 자주 찾아뵙지 못했던 미안한 마음을 느꼈다며, 앞으로 한 달에 한 번이라도 이런 시간을 가져야겠다고 다짐을 하는 인정을 담아낸 글이다. 시누와 올케 사이는 가까운 집도 있으나 늘 불편한 관계로 거리를 두면서 살아간다. 그래도 시누이를 모신다는 마음이 고맙고 새롭게 느껴져 온다.

나는 하루에도 몇 번씩 나만의 기도 손을 보며 마음을 추스른다. 휘어지고 뭉툭한 내 손이 창피하기만 했는데 이젠 고생만 시킨 게 미안해요. 나를 위해 평생을 일하고 기도해 주는 손이 고마워요. 속내를 털어놓던 동료들의 겸손하고 예쁜 말씨들도 떠오른다. 하루 일을 마치고 손의 물기를 닦고 손을 토닥이며 "오늘도 수고했어, 고마워~~" 가만히 속삭인다. 그리고 손그림을 보며 웃음 짓는다. 하루를 감사하게 하는 이 시간이 나는 좋다.

-〈나의 손 그림을 보며〉 중에서

"내가 너희를 사랑한 것처럼 너희도 서로 사랑하여라…… 내가 너희에게 이 말을 하는 이유는 내 기쁨이 너희 안에 있고 또 너희 기쁨이 충만하게 하려는 것이다. 이것이 나의 계명이다."(요한 15,9-12) 오늘의 말씀을 묵상하며 다소곳이 손을 모읍니다. 사랑한다는 건 기쁨이고 닫힌 마음을 열게 하는 신비입니다.

"어려운 일이 생길 적마다 자네를 힘들게 했던 일들이 이제와 생각하니 참 미안해……"

지나간 일들을 허물없이 이야기하며 마주 보고 웃습니다. 사랑은 온전히 믿고 의지하며 하나가 되게 합니다. 어떤 어려움도 이겨내는 힘이 되고 희망을 샘솟게 합니다. 꽃 마중에 사

랑 나눔도 하며 시누이님과 함께 보낸 오늘은 행복도, 기쁨도,
감사도 두 배입니다.

-〈사랑한다는 건〉 중에서

기도하는 마음은 자선과 사회봉사 활동을 통하여 어려운 이웃을 돕는 아름다움이다. 5월의 첫 주간은 생명의 참된 가치를 되새기게 하는 생명 주일이다. 부모 형제와 친지 은인들을 만나거나 전화나 문자로 감사와 안부 인사를 나눈다. 화자는 어려운 이웃을 돕고 사랑을 실천을 언행일치로 하였다.

2. 생명의 탄생을 기다리며

봄이 오면 모든 만물은 생동감을 느낀다. 사람도 꽃물든 봄바람에 나비처럼 날고 싶은 봄날이다. 휴면에 들었던 식물들은 꽃도 피우고 새순도 돋게 된다. 이런 과정들은 생명을 위한 종족 번식으로 순환되는 자연의 섭리이다. 우리 인간도 봄이 되면 활기차다.

〈오월 문학제〉 작품은 수필창작 반에서 펼친 행사에 곱게 한복을 차려입고, 나풀나풀 자줏빛 옷고름 날리며 참가하여 즐거움을 나눈 정감 이야기로, 추억을 그리는 호드기 소리가 들려오는 듯하다.

〈다육이〉 글은 '몰게인이'의 몸체에서 황금종 같은 열 세송이가

하나둘 피어난다며 금방이라도 종소리가 쏟아져 들릴 것만 같다 하였다. 꽃의 아름다움을 실감나게 묘사의 재치가 돋보였다.

〈마로니에〉 수필은 마로니에라는 노래는 들었지만, 열매를 보는 것은 처음이다. 반들반들 윤이 나는, 색깔도 모양도 밤처럼 생긴 야무진 열매는 딱 깨물면 달큰 고소하고 담백한 알밤 맛일 것 같다며, 발아의 꿈을 기다리는 글이다.

> 율봉공원 행사장에는 '오월 문학제'라는 펼침막이 펼쳐져 있고, 휘휘 늘어진 버들가지들은 바람을 타고 춤사위를 펼친다. 산뜻한 초록 잎새들과 활짝 핀 꽃들이 어울려 퍼지는 향기가 싱그럽다. 아늑한 정자에 자리를 잡았다.
>
> 물오른 버드나무 가지를 비틀어 만든 호드기 불기가 시작되었다. 추억의 나래를 펴고 우린 하나같이 천진한 아이들이 되었다. '뿌우 뿍, 삐리릭 삐~익 삑…….' 나란히 앉아 삐죽이 입에 물고, 마주 보며 불기도 하고, 두 손으로 감싸 멋진 포즈를 취하기도 하며, 높고 낮고 길고 짧게 제각각 내는 소리가 거칠고 투박해도 까르르 터지는 폭소가 아이들 못지않게 재미를 더한다.
>
> 나박김치 같은 산뜻하고 맛깔나는 글'을 쓰고 싶다. 오늘 같은 날 고운 시 한 수 지어 읊었으면 얼마나 좋았을까!
>
> -〈오월 문학제〉 중에서

몰게인이 꽃대를 올린 지 한 달이 넘었다. 동그랗던 연분홍빛 줄기가 허리를 펴면서 황금종 모양으로 꽃봉오리들이 하나, 둘 피어나기 시작한다. 금방이라도 맑은 종소리가 쏟아져 나올 것만 같다. 바라보기만 해도 좋다. 다소곳이 머리를 숙인 열세 송이 꽃이 활짝 피는 날, 아름다운 종소리를 상상하며 날마다 눈을 맞춘다. 나도 정화와 편안함을 주는 다육이처럼 살고 싶다.

-〈다육이〉 중에서

큰 화분으로 옮겨 심어놓고 분무기로 물을 뿌려준다. 세상 모든 것은 때가 있다고 하지 않던가. 차분히 그날을 기다리자 하면서도 발아를 기다리는 조급함은 샘가에 앉아 숭늉을 찾는 격이다. 따가운 햇살에 여물어가는 열매들의 어울림이 풍요롭고 아름다운 가을이다. 내년 봄이면 건강하고 예쁜 싹을 보여주겠지! 마로니에의 출생을 기다리는 마음이 하늘빛을 닮아간다.

-〈마로니에〉 중에서

오월은 생명의 달이다. 우리의 삶을 하나의 예술로 승화시켜낸다는 것은 기획도 중요하지만, 무엇보다도 공감하는 참여 의식이다. 한복을 곱게 차려입고 솔선함이 귀감이 된다. 생명을 탄생키는 노력은 기쁨이며 행복함이다.

시편 126장 5절에 '울며 씨를 뿌리는 자만이 기쁨의 단을 거둘 수 있다.'는 말씀을 하였듯이, 봄에 씨를 뿌리고 가꾸는 수고로움이 있을 때, 가을이면 결실을 거둘 수 있는 기다리는 성실한 마음을 느끼게 하고 있다.

3. 가족 사랑과 삶의 향기

인생은 누구나 행복하게 살고 싶어 한다. '행복이란 어떤 의미를 담고 있는가. 아마도 사람들의 생각은 비슷한 것 같다. 홍범洪範의 기록에 의한 인간 오복五福은 오늘날에 이르기까지 이를 반론하는 사람은 없을 듯하다.

인간의 오복五福은 다섯 가지로, 오래 사는 것이고, 부유한 것이고, 건강하고 안녕한 것이며, 훌륭한 덕을 닦는 것이고, 천명을 다하고 죽는 것(壽, 富, 康寧, 攸好德, 考終命)'이라고 하였다

가정의 행복은 가족 모두가 오복을 지님이 아니겠는가. 부모는 자식을 사랑하고 자식은 부모에 효도하고, 각자가 자신의 능력을 발휘하여 기쁨을 누리며 살아감이 행복함일 것이다. 우리는 일상생활에서도 주변에 지식이건 경제든, 다른 사람으로부터 도움을 받기보다 도움을 주며 살아감도 자족自足함이 될 것이다.

권명자 작가님의 가족이 바로 행복한 가정임을 느낀다. 〈소나무〉, 〈사랑의 선물〉, 〈어버이날〉, 〈만남〉의 작품이 그러하다. 가까이서는 항상 큰딸이 보살펴드리고, 막내딸은 외국에 나가 마

혼에 박사학위를 받고, 결혼하여 손자들과 외할머니 팔순 생일에 참석하여 즐거움을 안겨주었다. 작품 속에는 문장마다 행복한 삶의 향기가 넘쳐나고 있다.

〈여름이 오면〉 일요일이거나 학교에서 일찍 오는 날은 보리타작을 하는 날이다. 어머니의 추임새에 맞춰 한바탕 도리깨질을 하고 나면, 얼굴은 벌겋게 달아오르고 땀은 등줄기를 타고 흘러내렸다. 땀으로 범벅이 된 목이며 얼굴 온몸에는, 좁쌀알처럼 송글송글 땀띠가 나기 시작했다. 밤이면 멍석에 누워 바라본 하늘에는 은하수가 흐르고, 초롱초롱 빛나는 별들을 세다 잠이 들었던 아름다운 여름밤은, 동화 속 이야기가 된 지 오래지만, 여름이면 꺼내 보는 재미가 아프고도 쏠쏠하다는 서정이 담겨 있다.

〈촛불을 켜고〉는, 촛불은 소원을 담고 근심 걱정을 해소하며 축하와 행운의 뜻이 있다고 했다. 모두가 잠든 이 밤, 어머니는 지금 무얼 하고 계실까. 손을 모으고 기도를 하실까. 어머니! 가슴 절절히 사무치는 그 이름, 어찌 잊을 수 있으랴.

〈삶을 돌아보며〉는 "침 한번 꿀꺽 삼키고 크게 숨 한번 쉬어 봐. 하루를 참으면 열흘이 편하다."라고 하시던 어머니의 말씀은 나의 좌우명이 되었고, 오늘을 있게 한 지혜의 산실이 되었단다. 신앙 안에서 말씀을 되새기고 언행일치를 생활화하면서 살았다. 겸허하고 신중하게 다져온 삶은 신뢰를 쌓게 되었고, 고비마다 늘 함께하시는 주님의 은혜에 감사하게 되었다고 하였다고 한다.

작품마다 겸손하며 인생 삶의 철학이 스며져 나고 있다.

붐비지도 않고 청량한 숲의 향기가 나른하고 피곤했던 속마음까지 말끔하게 씻어낸다. 서두름 없이 정담을 나누며 산책을 즐긴다. 소슬한 바람이 초가을의 상큼함을 더해준다. 오각정에 올라 내려다보이는 대청호의 맑고 푸른 물길이 그림같이 아름답다. 바라보고만 있어도 편안하고 행복한 시간이다. (생략)

바람결에 가지를 흔들며 배웅하는 소나무처럼 내 마음도 솔향을 닮아간다. "참 좋다. 우리 딸 덕분에 오늘 또 잘 보냈네. 고마워~~" 살며시 딸의 손을 잡고 고백을 한다. 엄마만 좋으면 난 행복하다는 딸의 말이 기쁨을 더한다. 하늘은 높고 청량하다. 손을 맞잡고 내딛는 발걸음에 즐거움이 넘친다.

-〈소나무〉 중에서

엄마가 해주는 건 다 맛있다면서 음식을 먹을 때마다 행복해하던 모습이 눈에 선하다. 외손주들과 함께했던 날들, 정성을 다해 생일상을 차려주고, 집안을 청소하며, 어미를 위해 마련한 딸의 선물은 사랑 덩어리였다. 여행의 피로가 풀릴 새도 없이 또 얼마나 바쁠까.

강의하는 영상을 보여주며 "엄마, 내 강의를 듣는 학생들이 이렇게 많다고요~~"라고 나를 으쓱하게 하던 딸을 생각하며 항상 건강하고 감사하는 마음으로 기쁘고 행복하기를 바라는 간절함을 담아 기도 손을 모은다.

-〈사랑의 선물〉 중에서

우리도 딸이 예약했다는 맛집으로 길을 나섰다. 연휴 사흘을 단비로 단장한 오월은 싱그럽고 생동감이 넘친다.

도착한 곳은 대청호 주변의 아늑한 자락에 찻집을 겸한 아담한 식당이었다.

잔디밭 쉼터로 나왔다. 멀리 호수 가운데 둔치에 선 소나무 한그루가 마치 그림처럼 아름답다. 손을 맞잡고 이야기꽃을 피우며 바람에 잔물결을 이루는 호숫가 소나무 숲 산책로를 걷는다. 맑고 신선한 풍광에 몸도 마음도 상쾌하다. 부러움 없이 감사하고 행복한 어버이 날이다.

친정 부모님을 모시고 상당산성 맛집에서 보낸 어버이날 생각이 난다. 나는 그날 처음으로 아버지의 노래를 들었다. 웃음을 띠고 흐뭇한 표정을 지으시고 '황성 옛터'를 부르시던 아버지의 담담하신 모습은 우리를 숙연하게 했다. 할머니와 홀어머니를 모시고, 딸 일곱에 아들 둘을 두신 대종손이신 부모님의 한 생이 오롯이 느껴지던 그 날의 감성이 아련하다. 얼마나 힘드셨을까. 지난날들을 돌아보며 밀려오는 그리움에 하늘을 본다.

-〈어버이날〉 중에서

같은 또래이며 비슷한 시기에 결혼을 한 삼 동서가 한 지붕 아래서 살았던 그때가 떠오른다. 생활환경도 낯설고 개성도 다른 손위 동서들과 조카, 시누이가 함께했던 막내의 시집살이는 만만한 게 아니었다. 객지에서 직장생활을 하며 부모님과 떨어져 살았던 나는 농사일로 시골 가끔 다녀가시던 사려깊고 자상하신 어머님의 사랑이 가장 큰 행복이었다.

삼형제가 살림을 나게 되자 우리는 청주에 사는 종형제 동서들과 모임을 시작했다. 어머님은 동기간에 서로 오가며 화목하게 지내는 것을 보실 때마다 5형제가 한동네에서 재미있게 사셨던 일들을 맛깔나게 들려주시며 아버님의 크신 공덕을 치하하셨다.

-〈만남〉 중에서

아무리 힘들어도, 보듬는 사랑과 위로가 힘이 되는 가족이 함께하는 가정은 행복을 피워올린다. 일을 마친 저녁이면 너른 마당에 멍석을 깔고 온 가족이 콩국수와 오이냉국으로 더위를 쫓고, 손뼉을 치면서 반딧불을 쫓아다니며 웃음을 쏟아냈다. 멍석에 누워 바라본 하늘에는 은하수가 흐르고, 초롱초롱 빛나는 별들을 세다 잠이 들었던 아름다운 여름밤은, 동화 속 이야기가 된 지 오래지만, 여름이면 꺼내 보는 재미가 아프고도 쏠쏠하다.

문명과 과학의 발달로 기계화된 농경 생활은 환경도 삶의 질도 도시 못지않게 풍요롭고 수월하게 되었다. TV나 그림, 영상으로 보는 농가의 풍경은 낭만적이고 아름답게만 보인다. 자연과 함께하며 건강을 되찾았다는 이들도, 전원생활을 선호하며, 귀농하는 젊은이들과 나나인들도 늘어가고 있다. 적성에 맞는 일을 하며 보람차게 살아가는 이들의 활기찬 모습은 행복하게만 보인다. 생명이 주는 신비가 삶을 풍요롭고 아름답게 하기 때문인가 보다.

창밖엔 조용히 솔비가 내린다. 목덜미가 가렵고 따끔하다. 어김없이 찾아온 땀띠들이 보내는 반갑지 않은 신호다. 불현듯 나 보다도 훨씬 심한 고통을 당하시면서도 땀띠 분을 흠뻑 찍어 톡톡 두드려주며 안쓰러워하시던 어머니의 모습이 선연하게 떠오른다. 눈물이 핑 돈다. 그리운 내 어머니! 베이비파우더 통을 들고 서서 하염없이 빗줄기를 센다.

-〈여름이 오면〉 중에서

첫날밤을 밝혔던 촛대를 꺼내 닦아 선홍빛 초를 꽂고 불을 댕겼다. 백합꽃을 좋아하셨던 어머니의 온화한 미소가 어른거리고 "잘 살아라" 하시던 음성이 귓가를 맴돈다.

결혼식을 하고 바로 시댁으로 들어가 폐백을 올리고 새댁 노릇으로 하루를 보내고 처음으로 생긴 내 방문을 열고 들어셨다. 자그마한 화장대 위에 선 삼단 은빛 촛대에 꽂힌 선홍빛 촛불이 방안을 환하게 밝히고 있었다. "어서 오렴. 힘들었지!" 나는 그만 '어머니!' 하고 털석 주저앉았다. 멍하니 촛불을 바라보며 흐르는 눈물을 감당할 수가 없었다. "시집가면 친정에 올 생각을 하지 말아라" 하시던 말씀이 서럽고 야속했다.

어머니는 내게 집안의 빛이 되라고 딸의 신방을 촛불로 밝혀주고 싶으셨나 보다. 촛불은 소원을 담고 근심 걱정을 해소하며 축하와 행운의 뜻이 있다고 했다. 모두가 잠든 이 밤, 어머니는 지금 무얼 하고 계실까. 손을 모으고 기도를 하실까. 딸 걱정에 잠 못 이루고 뒤척이고 계실까. 신혼의 달콤한 꿈에 빠진 큰딸의 첫날밤을 상상하며 행복해하실까.

-〈촛불을 켜고〉 중에서

참으로 힘들고 어려운 나날이었다. "침 한번 꿀꺽 삼키고 크게 숨 한번 쉬어봐. 하루를 참으면 열흘이 편하다."라고 하시던 어머니의 말씀은 나의 좌우명이 되었고 오늘을 있게 한 지혜의 산실이 되었다. 당신을 만나서 행복했다는 남편을 물끄러미 바라본다. 가끔 숨이 멎었다가 한꺼번에 토해내는 앓는 소리가 가슴을 아프게 한다. 집안의 대소사와 가장의 짐을 짊어지고 힘겹게 살아온 주름진 얼굴이 눈시울을 뜨겁게 한다. 받은 재산은 없지만 건강한 몸이 있기에 성실하게 살아왔고,

> 서로를 믿고 존중하며 그리도 듣고 싶었던 말 '사랑해요, 고마워요. 수고했어요'가 이젠 일상의 언어가 되었다.
>
> -〈삶을 돌아보며〉 중에서

가정의 화목함과 부모의 공경을 어떻게 하며 살아가야 하는가의 인륜을 알게 하고 있다. 상선약수上善若水처럼 살아온 부모로, 윗물이 맑아야 아랫물도 맑다는 속담을 떠올려주고 있어, 진정한 수필은 삶의 지혜를 표현하는 글임을 느끼게 한다.

4. 인생을 예술로 밝히는 축복

수필은 인생 삶의 희노애락 노래이다. 문학예술의 의미는 삶 속에서 우러나는 흥취이다. 인생의 희노애락을 담은 감정을 아름답게 언어로 꽃피워내어 맺어놓은 열매이다. 가락이 있되 춤이 없으면 무의미하고, 춤이 있되 장단이 없으면 흥이 없다. 수필예술은 바로 노년의 인생이 들려주는 가락이요, 춤이며 장단이다.

권명자 수필가의 수필은 모든 삶의 감정을 아름답게 담아낸 발자취로 백세를 건강하게 오늘도 파이팅을 외치는 축복의 향연이다.

〈노년을 보내며〉에, 화자는 산수의 연세에 이르렀어도 활동이 활기차다.

동화구연과 동극반에 등록을 하고 교육을 받으며 어린이회관과 도서관에 견학 온 아이들, 병원이나 요양원의 환자들을 방문하며 동극과 전래동화, 체험 놀이, 그림책 읽어주기로 활동을 하게 되었단다. 요양시설이나 병원을 찾을 때면 한 생을 돌아보며 느끼는 점도 많단다. 봉사할 수 있는 환경과 건강이 감사하고, 노년의 아픔과 외로움, 피할 수 없는 죽음을 어떻게 준비하고 지혜롭게 맞을 것인가를 생각하지 않을 수 없다 한다.

청주시에서 시행하는 1인 1책 펴내기를 통하여 쓴 글을 모아 첫 작품집도 펴냈고, 그 끈을 놓지 않고 수필가로 등단을 했다. 화자는 이러한 활동을 주님의 은총으로 돌리고 있다.

〈건강백세〉는 '이제부터 이 순간부터 나는 새 출발 목적이 있는 삶은 아름답고 건강하다. 아직은 봉사활동을 하고 글도 쓰면서 체조로 심신을 단련하며 어울리는 삶이 즐거움이 아닌가.

> 해마다 이어지는 청노 발표회는 우리들의 재롱(?)잔치다. 오늘의 연주곡은 '새색시 시집가네, 찔레꽃, 울고 넘는 박달재'다. 설레는 마음으로 들어선 공연장에 모인 할매 할배들의 차림이 오색찬란하다. (생략)
>
> 순번에 따라 눈부신 조명을 받으며 악기를 들고 무대로 나아갔다. 다리를 꼬고 앉아 보면대에 악보를 펼쳤다. 가슴이 뛴다. 코드를 짚어가며 현란한 S자와 스트러밍의 멋스러운 연주

에 노래도 곁들였다. 사람들의 귀에 익은 노래는 듣는 이들을 흥겹게 하고 분위기를 들뜨게 한다. 좋아하는 것을 배우고 어울리며 즐기는 노년은 보람 있고 행복하다. 외롭고 슬프고 주눅 든 모습은 찾아볼 수가 없다. 서투르고 부족해도 허물이 없고 활기차고 당당한 모습들이 멋스럽다. 서로를 격려하고 칭찬하며 오가는 덕담이 한결같이 훈훈하다..

인생의 황혼은 외롭고 서글픔만 있는 것이 아니다. 구부정하고 기력이 떨어지는 노년이지만 마음가짐에 따라 달라지는 품격은 아름다운 삶의 기본이 된다. 활력과 생동감으로 지혜롭게 채워가는 노년은 즐겁고, 기쁨과 사랑이 넘친다. "아름다운 은빛 청춘이여 빛나라! "우렁찬 할배, 할매들의 합성과 함께 활짝 웃음꽃이 피는 행복한 은빛 청춘이다.

신앙생활을 하면서 보람차고 행복했던 나날들, 봉사와 취미생활로 즐거웠던 지난날들은 모두가 축복이고 은총이었습니다.

주님, 자비를 베푸소서.

나누고 비우고 사랑하며 아름다운 마무리를 하고 싶은 노년입니다. 겸손함으로 믿음을 더하고 주님의 말씀을 따라 행하는 기쁨으로 지혜롭게 하소서.

'제가 당신께 노래할 때 제 입술이 기뻐 뛰고, 당신께서 구하신 제 영혼도 그리 하리이다.'(시편 71편 23절) 아멘.

-〈노년을 보내며〉 중에서

사람들에게 나는 어떤 느낌을 줄까. 몸이 힘들수록 자신감도 떨어지고 건강도 무시할 수 없는 건 피할 수 없는 사실이다. 백세시대라지만 오래 살고 싶은 마음보다 건강하게 살다가 누구에게도 짐이 되지 않는 마무리를 하고 싶다. '이제부터 이 순간부터 나는 새 출발이다 ♪♬' 목적이 있는 삶은 아름답고 건강하다. 아직은 봉사활동을 하고 글도 쓰면서 체조로 심신을 단련하며 어울리는 삶이 아닌가. 매 순간을 건강하게 감사하며 기쁘게 사는 거다.

하루의 일을 마치며 나를 칭찬한다. '나는 참 대단해. 오늘도 다 해냈잖아. 노후를 건강하고 아름답게, 오늘도 건강백세 파이팅이다.'

-〈건강백세〉 중에서

수필은 오감五感을 통하여 과유불급의 감성을 담아내는 예술이다. 다양한 체험을 바탕에 두고 진솔하게 그 삶을 조화롭게 표현하여 이끌어감이다. 우리는 작품을 통해 독자와 공감하며 경험으로부터의 글 속에서, 삶의 지혜와 사유思惟를 깨닫게 되고 자신을 성찰하기도 한다.

인생이란 기도속에 가정을 지키며, 삶을 슬기롭게 예술로 승화시키어 '아름다운 은빛 청춘'으로 살아감임을 오롯이 들려주고 있다.

권명자 수필가는 산수傘壽의 노후를 인생예술로 '건강하고 아름답게, 오늘도 건강백세 파이팅이다.'의 외침으로 내 이웃을, 사회를 우리가 살아가야 할 이유를 더욱 명확하게 동화구연과 동극, 수필, 음악으로 밝혀주고 있다. 〈생명의 길에서〉의 수필집은 인생을 예술로 밝히는 축복이 아닐 수 없다.

생명의 길에서
권명자 수필집

초판 인쇄 | 2023년 11월 07일
초판 발행 | 2023년 11월 16일

지 은 이 | 권 명 자
펴 낸 이 | 노 용 제
펴 낸 곳 | 정은출판

출판등록 | 2004년 10월 27일
등록번호 | 제2-4053호
주　　소 | 04558 서울시 중구 창경궁로 1길 29 (3층)
대표전화 | 02-2272-9280
팩　　스 | 02-2277-1350
이 메 일 | rossjw@hanmail.net
홈페이지 | www.je-books.com

ISBN 978-89-5824-489-9 (03810)

값 13,000원

* 이 책은 충청북도, 충북문화재단의 후원으로 문화예술육성지원사업의 일환으로 지원받아 발간되었음.